JN012261

ツダマンの世界

松尾スズキ

白水社

目次

登場人物

霊能者
オシダホキ

先占斉
オカメ
オケイ
おたね
宵ノ市
津田万治
津田数
数の前夫

大名狂児
長谷川葉蔵
強張一三
渡辺満貫
新堀儀太郎

有坂奇獣
劇団員1・2・3・4
神林房枝
兼持栄恵

お滅
オツヤ
百姓女
女給
番頭

車掌
直太
極実

共産党ゲリラ

吾妻少尉
軍曹
米軍将校
米軍兵士1・2・3

だいはち
鶴市
喬太郎
三味線弾き

第一幕

1

ぼうううう、と、不気味なディジュリドゥのような重低音が鳴り渡っている。
鐘を鳴らす音。
霊能者の儀式部屋。暗い。
急に炎が六角形に、神秘的に灯(とも)る。
炎に囲まれ、サングラスをかけた老婆の霊能者。彼女にひれ伏すオシダホキ。
霊能者の後ろに巫女的な女が二人。
霊能者が火になにかをくべると、一層燃え上がる。

霊能者　（東北弁で、小さな札を読む）オシダホキ。作家、津田万治(つだまんじ)家の、女中。
ホキ　へえ。
霊能者　作家のサシ金か？　……さては、おめ、おりが、インチキだとかなんとか、見破って、週刊誌だかなんだかに売りにぎたとか？
ホキ　（大阪弁だ）……めっそうもございません。
霊能者　紹介状。

ホキ　（封筒を差し出す）へえ！　ジンガイモン先生のおでっさんの紹介で！

霊能者　（紹介状を放り投げ）最近は、そっだら失礼なもんが来るがら。わたしの口寄せを暴いで晒し者にするどか？　そったらもんには、罰があだるがらな。

ホキ　ほんとに、うちは、ただ、津田万治先生の、うちが知らない部分をちゃんと知りとうて、はい、先生の周りでお亡くなりになった方々のお話を聞きとうて。それだけです。

霊能者　申込用紙に住所ど名前、けたか？

ホキ　へえ。

霊能者　電話番号、生年月日。好ぎな映画俳優、とがなんとが、ほがにもね、詳しぐねー。

ホキ　（紙を渡す）これに、へえ。

霊能者　（紙を放り投げ）受付で、あのほれ。

ホキ　へえ。ちゃんとお布施のほうも。

霊能者　（嬉しげに）ジュース飲んだっぺえ？　こんぐれえのコップで。

ホキ　いただきました。なにか、霊的な薬効のあるジュースですの？

霊能者　普通のパイナップルジュースだぁ。

ホキ　ああ。普通やな、とは思いましたけど。

霊能者　（笑う）でも、あめえのよ！　砂糖がっさりへえってるがら！　喉渇いてるもんが飲むと、逆によ、ひっひっひ、逆に、おめ、この、さらに喉渇くっちゅてな、ひっひっひひ！

（鐘をガンガン叩きながら笑う）

ホキ　えらいうけてはりますな！

霊能者　（怒鳴る）きえええええい！！

ホキ　（土下座）すんません！　うけてるとか言ったから、怒りはったのかな！
霊能者　（裏声で）……三人、見えます。
ホキ　三人。
霊能者　（卑屈に）ごめんなさいね、三人、見えるんですぅ、ほんと、すいませんね。
ホキ　いや、あやまらんといてください。
霊能者　べふっ！
ホキ　………。
霊能者　べふっ！
ホキ　……。
霊能者　きええええい！　……津田万治の周りで三人。成仏してない魂が三つ（鈴を鳴らす）。

火が燃え上がる。

一瞬、カオスな狂騒が起き、人魂（ひとだま）が飛び交う。

三体の昭和の亡霊が浮かび上がり、ゆらゆらと並んで立っている。

ドロドロドロと不気味な音楽。

亡霊は、これ以降、時をまたいで出現する。また、生きていた頃の彼らも演じる。

丸メガネ。襟足をきつく刈り上げ、3ピースの背広を着込み、いかにも実直そう、同時に疑い深そうな中年が強張（つよば）りである。彼は、商人だった。

断髪して洋装、モダンな出で立ちの女、神林房枝（かんばやしふさえ）は長キセルでタバコをふかしている。彼女は、戦前の新劇の女優で、アルバイトでカフェーで歌っていた。陽気でプライドが高い。

着流し、でっぷり太っているのは、大名狂児。昭和初期の流行作家であった。なにかといえば、人のマウントをとりたがる傲慢で好色な男だ。

三人の足元には幽霊を表現するための布切れがひらひらと揺れている（この表現は最初だけでいいかもしれない）。

ホキ　強張一三はん!?

強張　（幽霊っぽく）ああ、ホキさん。お会いしたかった。

ホキ　あれまあ、神林房枝はん!?

房枝　（幽霊っぽく）お久しぶりねぇ。

ホキ　大名狂児や！　大名狂児や！

大名　（幽霊っぽく）俺だけ呼び捨てぇ？

霊能者　（立ち上がって）へだば、ね、ご自由にご歓談を。うふふのふ。

霊能者たち、去っていく。

ホキ　ええ？　うち、ちょくでやりとりするんですか？

霊能者　……がっ……あがっ……（しゃべれないというジェスチャーで去る）。

ホキ　なんで急にしゃべれへん感じになったんです!?

間。自動車の音。

ホキ　帰りはった！　……うわっ、気まずいな。……あの、（おずおず）うっとこの先生、ツダマン先生のこと、覚えてはります？
強張　あ、もちろんです。覚えてる覚えてる。
房枝　割りと普通に、うん。
ホキ　あ、普通にしゃべってくれはんねや。よかった。
強張　……幽霊とは不思議なもので、浮世のことを、一〇〇年たとうが忘れないのです。
房枝　ただ、忘れられないけど、納得できないこともあるんですの。
大名　納得しないと、成仏できない。どうやらそういう仕組だ。
ホキ　なるほど、それで、皆さん、ふわあっと浮いてはるんですね。
房枝　わたしたち、楽しくやってたじゃない、ツダマン先生の周りで。
ホキ　へえ、戦前も、戦中も、ほいで、戦後もちょっと、まあまあ楽しかったですなあ。
房枝　でも、しょせんはみんな他人。出会った時期も違うし。
大名　俺はやつの幼なじみ。
房枝　わたしは、もと、愛人、かな。
強張　わたくしは、ツダマン先生の弟子となる、葉蔵ぼっちゃんの世話係でした。
房枝　でしょ、三人ともばらばらにツダマン先生のことを見てた。
三人　わからないからねえ、あの人は。
ホキ　みなさんが知ってて、うちが知らないこと、うちが知ってて、皆さんが知らないこと、その答え合わせをしたら、成仏できますやろか？

強張　ツダマン先生は、うん、いい人でした。とにかくうちのぼっちゃんに親身にしていただいて。

大名　戦争の小説を書いたが、きゃつは、なにひとつ戦争に興味はなかった。やつに女のことで迷惑かけたが、意外とちょっと喜んでもいた。

房枝　女好きよ、でも、秘密主義。

強張　たまにヤクザみたいな顔をしますねえ。

房枝　夜のお遊びは下手くそ。おっぱいばかりぎゅうぎゅうつかんで。

大名　（笑う）最後まで太鼓持ち（たいこもち）の息子だってのを認めなかった。そのよくわからねえ自尊心がまた、ぞくぞくすんだ。

房枝　ほらね、彼のことになるといつも嚙（か）み合わない。だから成仏できない。

ホキ　ほな、生きてるもん、死んでるもん、力合わせて、すりあわせてみまひょいな。

四人　ツダマンの世界を。

音楽。

作家、津田万治の肖像がどこかに大映しとなる。

2

遠くの街から昭和の歌謡曲が聞こえる。
夜。着物姿のホキが電柱のそばに寄っていく。地味な家政婦風情だ。
実際、作家津田万治の家の女中である。彼女は、三人の幽霊とともに、この物語の語り部となる。

ホキ　近々の記憶でいうと。……戦争で負けたんです。その負けざまがどえらすぎたせいやろか、神様がいきなり人間になりはって、うちら、わあ、受けとめきれへんわ、ってなったけどまあ受けとめて、そいで何年かたったある日の夜のこと。うちがずっと東京で世話になってる小説家のツダマン先生と、その奥さん、それから先生のおでっさんの帝大出の文学青年。おのおのが、おのおのの事情と思いで、そう、三鷹の、人食い川て言われてる、アホみたいに流れの早い川の淵に、ぼーっと立っておられました。うちは、どないなるんやろ、思うて、電柱の陰から、それをじっと見ておったんです。うちはずっと津田家の女中やもんですから、だいたい、陰からじっと見ておる感じでいてます。

昭和の中頃、戦後である。戦後の、ある夜である。轟々と水の流れる音。月明かりが寒々しい。

川べりである。勾配（こうばい）が急で崖のようだ。一本の松の木が折れ曲がって生えている。手前の川の流れは速そうだ。

そこに津田万治、妻の数（かず）、万治の弟子の長谷川葉蔵（はせがわようぞう）が、ロープを持って現われる（ホキの独白に合わせて）。

上手（かみて）に数、真ん中に万治、下手（しもて）に葉蔵。疲れている。

万治は四十絡みの中年で、黒縁のセルロイドのメガネ、口ひげをはやし地味な着物を着ている。

数は少し下の年齢。美しいが、髪は乱れ、顔が汚れ、格好は同じように地味。

葉蔵は、青白き文学青年風情。白シャツにたっぷりしたズボンに下駄。ズボンのベルトには手ぬぐいをさし、茶色いカバンを持っている。妙な高揚感がある。

万治　（前を向いたまま）長谷川くん、聞いてるかね。

葉蔵　（前を向いたまま）はい。

万治　幽霊の話だ。昨日思いついた。二〇枚くらいの短編になるだろう。三人の幽霊が、成仏するために一人の男について思い出し合ってる。でも、まったく話が噛み合わず、彼らは永遠に成仏できない。

葉蔵　おもしろい。芥川の『藪の中』的な趣向ですな！

数　これから死のうってときに！

万治　………。

数　書くあてのない小説の話？

万治　もう、半時（はんとき）もせぬうちに、二度と、永遠にだよ、小説の話なんかできなくなるというのに、この生粋（きっすい）の小説家ツダマンに、それをよせと言うのかね？

数　（情けなく）嘘でも他に話すことはないですかねえ!?　おまえとなにしていい人生だったね、とか。

葉蔵　まあまあ、でも、先生。数さん。文学史上、男女の心中は、いくらかあろうはずですが、男女（おとこおんな）、男、三人ってのは、こりゃ、まずない。想像力を掻き立てられる。受け取り手に幾通りもの物語が生まれる。これはただの心中じゃない、芸術です、文藝心中です。

数　文藝心中？　……とても不愉快な言葉の響きね。

万治　（川を見て）流れが、早いね。

数　やっぱり死ぬのですね。まあ、タクシーでそういう話になりましたよね。そうするしかないし。

葉蔵　さ、このロープを手に結わえて三人で握りましょう。一人でも死にぞこないが出ないように。（茶色の瓶をカバンから出し）で。このカルモチンを飲むんです。眠ったら、手が離れて、川っぺりをずるずるすべって、この川にどぼん。眠ったまま川の水を肺に飲んで、おしまいです。さ、さ。そっちで。

葉蔵、ロープを二つに折って、端を万治と数にわたし、松の木の根本にひっかけ、反対側に渡る。

葉蔵　お二人は夫婦ですから、さあ、ご一緒に。僕は、反対側を摑みます。ほら、起きてる間は体を支えてられるけど、眠ってしまや、重力で自動的に落っこちる。

万治　（やってみようとするが）いや、ちょっと、おかしいね。これじゃあ、僕たちのほうがずっと重くなるから。僕たちだけ落ちて、君は上へずりあがっちまうぜ。助かっちまうぜ。

葉蔵　……（ポンと手をたたき）確かに！　こっちにも重しが必要だな。なにか、お地蔵さんとか人間くらいの重いのを見つけて、転がしてきます！　作家夫婦とその弟子。三人ってのが新しい！　後世に名を残す心中沙汰です！

葉蔵、意気軒昂に去る。が、途中で振り返り、

葉蔵　（感極まって）先生！　長い月日、お邪魔しましたが……一緒に死んでいただけて光栄であります！　（涙ぐみ）そんな師は、おりませんっ！

万治、葉蔵が去るのを見届けて。厳しい顔つきで葉蔵が残していったカバンを漁る。

数　あなた、なにを？
万治　遺書だよ。遺書を探すんだ。
数　遺書？
万治　知ってるんだ、やつが遺書を書いていることを。あった（書付けを見つける）。
数　あなた、本人が生きているのに……遺書を読むんですか？
万治　（夢中で読む）わたしは死にます。ああ、ついに。わたしは生くるにいそぎて、感じるにせかされて、死ぬのです。……ふん、いきなりナルシスティックが炸裂してるねえ。
数　ねえ、やめましょ。それじゃ、遺書にならない。
万治　（読む）その前に一つ大きな声で言い残したいので、この手紙を手にした人は、（大きな声で）

数　大きな声で読んでいただきたい！
万治　しーーっ！　まだそこいらにいるんですよ！
数　ツダマンは、ツダマン先生は、………とどのつまり（わなわな震えてくる）性根が……
万治　性根が、……太鼓持ちです！
数　ぶ（笑いをこらえる）。
万治　太鼓持ち……。冗談じゃない。僕は作家だぞ。（怒り狂う）だ、だ、誰が太鼓持ちかよぅ！
葉蔵……何が光栄ですだア！　あいつ、生き残って小説にする気だな!?
万治と数、消えるように去る。チャチャン、と三味線の音。
ホキ　先生が、幇間、言うんですかね？　太鼓持ちの息子はんやったゆうのは、耳のはしで、うすぅに聞いてました。それがほんまやったら、あの青二才の弟子はそんなん知らんはずやのに、最後の最後に、本性を言い当ててもうたんですかねえ。先生のお生まれについては、大名先生、お願いします。

3

大名　（どこかに現われて）あいつぁ、向島（むこうじま）の太鼓持ちの倅（せがれ）よ。

鳴り物。と、けたたましくなる三味線。そして嬌声。
川べりの雰囲気は消え、そこは、お座敷となり、見事なカッポレを踊るハチマキを巻いた幇間、先占斉（せんせんさい）（メガネを外したツダマンの早変わり）とそれを囃（はや）し立てる芸者や客たちががやがやと現われる。

人々　それ、カッポレ、カッポレ！　よーいーとな。
大名　幼なじみの俺が言うんだから間違いねえや。ツダマンちゃあ、向島は木母寺（もくぼじ）の近くにこぢんまりと建ってて、父親の津田先占斉は、そもそも手練（てだれ）の根付師（ねつけし）だった。あ、根付ってのは、煙管（キセル）入れなんかを帯んとこに留めとくときに使う飾り物でね、親父の根付が、獏が夢を食ってる様なんてぇのを彫り込んだ、実に幽玄な細工だってんで、近所の芸者に人気でねえ。芸者たちと遊ぶうちカッポレを覚えて、好きがこうじて、だんだん客の前で踊るようになった。座敷に上がりゃ景気良く太鼓を打つもんで大きく稼いだ。だからいっとき、親父は確かに太鼓持ちだった。そのうち、オカメの芸者とできちまって、めっぽう肌が合った。そいで、生まれた子供がツダマンてわけよ。

オカメの芸者、泣きわめく赤ん坊を抱いて現われる。その狭い一角だけに獏を描いた襖なんかが現われ、ツダマンの木母寺界隈の実家となる。

人々　それ、カッポレ、カッポレ！　オカメでカッポレ！
オカメ　万治や、まんちゃん、泣かないでおくれ。困ったよ。あちきの面ぁ見りゃ、たいがいの男は笑うもんだけどねえ。
先占斉　（客に）ま、ま、ま、お酌を。（急に悲劇的に）ところがでげすね、そのオカメの、わたくしの女房が、まあ、乳腺が硬くて、なかなかお乳が出やしねえ。ですから、赤ん坊が泣いて泣いてしょうがない、てんで、乳もみ按摩の宵ノ市ってのを呼んだんでげすが、くっ、その按摩、通り名の通り、乳をもむのがめっぽううまい。（泣く）だから、ちきしょう、あのあま、芋っぽりのバケベソ芸者のくせにたぶらかされやがって！　だもんで、あたくし、今日が最後のお座敷でございやす。（両手をつき）ちょっくらごめんなすって。（二人に）おう。
ヤクザたち　へい。

先占斉、座敷に立っていたヤクザを連れて去る。
若い按摩、宵ノ市、杖をついて現われる。
だんだんお座敷は遠のき、万治の家のみになっていく。

オカメ　（横座りに座っていて）すいませんねえ、宵のいっつぁん、今日も固くてつらくてねえ、またあんたの手でもって、搾り出してくだしゃんせな。

宵ノ市　へいへい（オカメの胸をまさぐって触り）ああ、また、ずいぶんとこの、乳がこりかたまって、固くおなりになってなさいますね。ええ、ええ、すぐ、楽にしてあげますから。

オカメ　いろんな按摩さんに来てもらったけど、宵のいっつぁんの乳もみは痛くないから。（感じる）……んっ。

宵ノ市　痛くねえですか。そりゃあ、よござんす（首をねぶる）。

オカメ　……（感じて）あ、す。なぜ、首を、ねぶるのお？

宵ノ市　すいやせん、両手ふさがっちまってるもんで。今日は首のね、リンパも流さないと（まさぐりながら）ああ、ここんとこも固いや。（歌う）♪乳、やわく～なれ、乳、やわく～。

オカメ　（どんどん感じて）ん、何その歌ぁ！

宵ノ市　乳やわくなれ歌です。

オカメ　（あえいで）そのまんまぁ。

宵ノ市　（耳元で歌う）ほれ、（万治に）マンちゃんも歌いな。

赤ん坊の万治　（宵ノ市と一緒に）乳やわくな～れ、ち～ち～。

オカメ　あ、万治が初めて……あん！　宵ノ市さん。あ、すっ、ん！（宵ノ市にしがみつく）

宵ノ市　あ、いけません、奥さん、へへ、そんな、奥さん、しがみつかれちゃあ。

オカメ　かんにんして（宵ノ市の体をまさぐる）ああ、かんにんしてぇ。

宵ノ市　いけません、だから、あっしのほうが……固くなっちまう！

二人もつれ合う。
《検閲》と書かれた屏風を引きずり出して二人を隠す強張と房枝。
大名　なんだよ、強張氏、いいとこなのに！
《検閲》の向こう側から激しい喘ぎ声。
強張　これ、戦前の話ですから、こういう表現には当局から検閲が入ります。
大名　偽善者だ、おめえは。
突然、《検閲》の屏風を蹴破って、ほっかむりをした先占斉とヤクザ１・２現われる。
露わになる半裸のオカメと宵ノ市。
先占斉　ふざけたまねしてくれたなあ、この売女ぁ！　白状しやがれ！
オカメ　あんた！　違うの、違うの！　このメクラが、あたしを！
宵ノ市　えっ！
先占斉　なにぃ？　正直に白状しやがれってんだ！
宵ノ市　奥さん、とはいえ、ああたが、こちょこちょするから、あっしがむくむくと。
オカメ　いいえ、あなたが、むくむくするから、わたしの体がずきずき、と。

先占斉　おお？
宵ノ市　いえいえ、そうですか、じゃ、ちょっくらごめんなすって、と。
オカメ　いやだ、それなら、あたしの、おまたも自然と開きます、と。
宵ノ市　奥さん、ちょいと、枕入れっから腰浮かせてくださいまし、と。
オカメ　ちり紙、手元に用意して。
先占斉　（激怒）そこまでこと細かに白状しろとは言ってねえ！
宵ノ市　（土下座）つい、つい、目がくらんじまって！
先占斉　くらむ目がねえだろ！　（蹴る）何回だ！　一回じゃねえだろ。
宵ノ市　（笑う）まさか。
先占斉　何回やったって聞いてんだ!?

ヤクザたち、ドスを抜く。
二人、慌てて指を折って考える。すごく数える。

先占斉　多い多い、多いなあ、右手が二巡目行ってるなあ！　兄さんたち、折ったその指、本格的に折っちまおうか。あ（懐から金を出し）こっちは、親分に。残りは……とっとけや。
ヤクザ1・2　ありがとヤス！

ヤクザたち、宵ノ市とオカメを引きずり倒していく。

ホキ　これも、噂に過ぎへんのですけど、先生のお父さんの先占斉いう人は、お座敷の関係から湯島界隈のおそろしい俠客の親分と、兄弟分の盃を交わしたとか交わさへんやった、とか。

先占斉、ちらりと腕の彫り物を見せる。足の彫り物も見せる。短銃もちらつかせる。

強張　すごくいろいろなものをちらつかせる人ですね、この人。

大名　オカメさんは、そのあと、従軍慰安婦として上海に売り飛ばされたって噂だ。

先占斉　（泣く子を抱いて）かわいそうにおまえを母のねえ子にしちまって。ちくしょう。（涙目で）醜女に裏切られた悔しさってのは、天井知らずにして底なし沼よ。（頭を振り）もう太鼓持ちはやめた。俺はワザを極めて立派な大芸術家先生になる。それに見合った、目ぇ覚めるような後添えをめとってやっからよお。

大仰な音楽。

先占斉、筆を持ち、大きな般若の屏風を描く。

大名　それから先占斉はがんばった！　がんばって、今度は屏風絵、蒔絵細工の名人になり、弟子をとり、月謝をとり、儲けに儲けた。そうなると有言実行、当代一流の粋人、粟島淡海の娘で才色兼備の後妻、オケイを手にいれた。いよっ、大先占斉！

オケイ、音楽と光に包まれながら屏風を割って女神のように現われる。

房枝　でも、先占斉、ツダマン先生が一〇歳のときに、脳溢血（のういっけつ）でころりと死んだ。で、美しい後家（ごけ）のオケイさんがその後のいっさいがっさいを受け継いだ。それは、先生から寝物語でうかがってました。

大名　まあ、それが、ツダマンの作家人生の始まりになるわけよ。

4

津田家。
万治の義母、三十路すぎのオケイ（数の二役）、煙管（キセル）を吸いながら登場。
音楽、ふいに切れて、ムクドリの鳴くうるさい音。

オケイ　（神経質に叫ぶ）おたねさん！　おたねさん！　鉛筆と原稿用紙、くださいな。ただちに！

女中おたね、筆と紙を持ってきて気忙（きぜわ）しく来る。

オケイ　あいかわらず走り方がブスですね。走りなさんな。
おたね　あい、すみません。
オケイ　そいからね、昨日、先占斉先生の屏風に高値をつけてくれた悲哀屋の旦那、もてなしに出した蟹（かに）を、貪り食った指ィ舐（な）めたまではいいけど、そのあと、座布団の裏でごしごし拭いてたのをあたしゃ見たんです。（鼻にシワを寄せる癖がある）正直、気が狂いそうです。

おたね　ひっぱがして洗っときなさい。他のもね、全部。

オケイ　あい（走り去る）。

ブスですよ、走り方が。

下男のだいはちが通りかかる。

オケイ　だいはっつぁん、お庭の金木犀（きんもくせい）にムクドリが群れなしててね、あの薄汚い鳴き声が気障（きざわ）りです。熱湯でもぶちまけて殺してあげてくださいね。でないと気が狂いますよ、わたしは。

だいはち　狂わねえでおくんなさい！（去る）

オケイ　（座って、ひときわ大きく）万治！　万治！　ここに来なさい、ただちに！

一〇銭ハゲの一〇歳の万治、慌（あわ）てて出てくる。

オケイ　走らない、転ばない。笑うな。立て、急げ。そして座んなさい。

オケイの前に体育座、で、にっこり。

オケイ　（ものさしでぶって）正座だ、ばかもの。……（激しく）しつけられたらありがとうございます、でしょうが！

万治　ありがとうございます！
オケイ　気が狂いそうだよ！
強張　めちゃくちゃ怖い人ですね。
オケイ　あなた、お友達の喬太郎くんの前でとてもお下劣な歌を歌ったそうね。(叫ぶ) 見たのよね、おたねさん！
おたね　(座布団を抱えて出てきて) 見ました！　あい！　お隣の喬太郎くんの胸を……まさぐりながら。
万治　(冷たく) 告げ口かい。
おたね　……(去る)
万治　……母様、僕は。
オケイ　(上手に) 喬太郎くん！　いらっしゃい。

名家の坊っちゃん然とした美少年の大名喬太郎、のちの大名狂児、現わる。

大名　大名狂児はペンネームだ。喬太郎、子供の頃の俺だよ。
房枝　残酷ね、歳月は。
大名　うるせえバーカ。
オケイ　万治は、なんて歌ったんです？
喬太郎　……乳やわやわなあれ。
オケイ　(万治をぶつ) 聞こえない！

喬太郎　（歌う）乳、やわやーわな、天使、のように、少年よ、乳やわなーれ、って。
オケイ　……なんですか、その歌は？
喬太郎　知りません。帰ってよろしいでしょうか。僕、家庭教師を待たせているもので。
オケイ　ごめんなさい。（ヨダレのたれそうな顔で）喬太郎さんは帝大仏文を目指してるんですものねえ。
喬太郎　ツダマンのお母さん。確かに下劣で不快な歌でしたが、ひとこと弁護するならば。その歌を歌っていたとき、彼はとても自由だった。そんな気がします。オールヴォワール（去りかける）。
オケイ　自由……（目つきが黒ぐろとし、嚙みつぶすように）自由。
喬太郎　（万治に小声で）すまん。余計なことを言ったと思った。だから今後の展開に……（目をむいて）ぞくぞくしてる！（去る）
オケイ　自由が必要か？　つまり、わたしが不自由をさせていると？　上げ膳据え膳、あなたの笑顔が見たくって、週に二回も大好物のライスカレーを都合したりしてるわたしが？
万治　はい、ライスカレー、大好きです（笑顔）。
オケイ　今はいらぬ、その笑顔！（ぶつ）……にもかかわらず？　お乳、しわしわ？
万治　やわやわです。
オケイ　どっちでもいいやなあ。家名を貶（おとし）めるがごとき歌を！
万治　不自由はしておりません。あれは大名喬太郎の悪意ある虚言。ただ、不意に口をついた歌です。意味も知りません。

オケイ　知らないという言葉は免罪符になりません！　知らないは、恥です。罪です。
万治　しかし。
オケイ　気が狂いますよ。いいんですか？
万治　………狂わないでください。
オケイ　（筆と紙を投げ）反省文を書きなさい。

万治、必死に書く。

大名　ツダマンは、そんなふうに毎日、「気が狂う」といういかつい言葉を人質に、反省文を書かされてたわけよ。
ホキ　特に先生は字ィが汚かったもんですから量で勝負せいと。
オケイ　勘違いしては困ります。わたしは許したいのです。つい許してしまうような美文を書きなさいと言っておるのです。さあ！　つい、うっかり、許させなさい。
万治　（読む）母様、お世話になっております。万治です。ムクドリの声もやみ、うってつけの、ほどよき春の朝。母様にもうしますれば、多大なるご迷惑をおかけいたしました。万治です。お手数おかけいたします。万治です。まじ、万治です。万治の謝罪をお受けになっていただければ、これ以上の僥倖（ぎょうこう）はなき、万治です！
オケイ　……出だしはいいでしょう。やや、万治、多めですが。
万治　知らないことは罪、と母様は仰（おっしゃ）いました。確かに、乳やわやわなれ、は、無意識に出た歌。乳かたかたなれ、よりは、ましとしても、意図せず溢（あふ）れ出た歌。これを罪と

オケイ　呼ぶなら、わたし自身の生まれついての罪が、その根っこにあるとしか思えず、ならば、わたしをこの世に産み落としたマコトの母、それこそが罪の本体。この罪を贖うすべは、ぜひ、ここへ、産みの母を、連れてきていただき、この万治、（胸元から短刀を出し）ヤイバ突きつけ、なぜ、僕を産んだ、と、問い詰めたれば、返答次第じゃ喉元かき切り、その身を引き裂き、肉を細かく切り刻み、野菜と合わせ、捏ね、小麦粉でできた皮で包み……。

オケイ　（ぶつ）陳腐！（ぶつ）はなからできぬことと知りながら！（ぶつ）薄汚いご機嫌うかがい！……………さすがだねえ、さすが太鼓持ちと芸者の子だよ。あんたは！

万治、泣く。

オケイ　でも、あんたの母は……母は、わたしじゃ、（泣く）あんたの母は、わたしじゃあ、だめですかねえ！　時間が戻る薬でもあれば、産みなおしてあげたい。ならば、すべてうまくいくのに。

万治を抱きしめるオケイ。

万治　……（急に怒気をはらみ）父は芸術家でした。太鼓持ちではない。

オケイ　（ハッとして）間違えた！　そうだね、今のは、わたしが悪い！　万治！　わたしをぶちなさい！

万治、オケイから定規を受け取り、オケイを何度もぶつ。

オケイ　（ぐいと衣紋を後ろに抜いて）もっと！　もっとです！（ぶたれて）ひいい！　ひいい！　気が狂いそうです！　気が……。はい！　母は、気が狂いました！（目をむいて）ご満足ですか!?

万治　（怯えて）ひい（転げ逃げる）……気が狂う手前の、ぎりぎりの感じが、素敵だったのに！

万治、走り去る。
ホラー色のある音楽。

ホキ　それからしばらくして、お母さんは、ほんまに気ィが狂いはったそうです。先生はそれからずっとずっと、徘徊してまわる継母のオケイはんのことを心配してすごしはった。

大名　やつは小説が、劇的であることを生涯嫌った。劇的であることに身を任せすぎた継母の二の舞を踏みたくなかったのかもなぁ。

ありとあらゆる場所を笑いながら徘徊するオケイの影。

万治　（走り回る）母様！　母様！　母様ー！　さかさま？　母様！　母様ー！　母様ー！

房枝　充実してるわねえ。
ホキ　それでも大学に行けという父親の遺言で、先生は猛勉強せんならん歳にならはった。せやからオケイはん、俠客連中や使用人やらに家の奥の座敷牢に入れられてたんです。せやけど……その頃、関東大震災が起きて。向島界隈は、火ィの海になった。

轟音。
舞台、揺れに揺れる。崩れ落ちる建物たち。
炎のなかに早稲田の学生服姿の万治よろめきながら出て、

万治　……母様！
ホキ　オケイはん。燃えて崩れ落ちた座敷牢から走り出て、隅田川（すみだがわ）に飛び込んだ。

音楽。
川を、ものさしを握った黒焦げのオケイらしき死体が流れる。

万治　母様。こんなになり果てて……（ものさしをとり）これから、誰を恨んで生きていけばいいのですか！

黒焦げの死体を何度もものさしでぶつ万治。

S1

『木母寺は妙に青ざめし』

ムクドリがギュイギュイと
鳴くのをやめた、その宵に
焦げたオケイの死体が上がる
オケイ、悲しや　ものさしの
はしを握って　隅田川
ああ　木母寺は妙に青ざめし

5

ホキ　（下手に）数さん、大丈夫です？　荷物重たすぎ、違います？
数の声　大丈夫です。こう見えて、酒屋の後家ですから、これしき。
ホキ　ちょっと休憩しまひょ。はあ、暑ぅ。（と、石に座って）幼なじみの大名先生は、すっと一高行って帝大入って、トントン拍子に流行作家におなりになりましたが、先生は、亀の歩みで、早稲田出たあと、雑誌に雑文書いたり、臨時の教員やらやりながら、小説をお書きになってはるんです。ほいでも、ようやっと新作が月田川賞の候補にならはってねえ、月田川賞いうたら、日本一の賞ですさかいに、へえ、それで結婚する気になったんと違いますかねえ。
数　（現われて）そうなんですの。すごい。

道である。
数は、戦争未亡人だ。顔に疲れが見える。背中に大風呂敷に包まれた大荷物を背負っている。

ホキ　（あきれて）これから旦那になる人のこと、なんも知らんと来たんですなあ。

数　わたしは、未亡人だし、子供を産める歳でもなし、どんな条件もありませんから。

ホキ　先生かて、数さんの写真見て、この人しかおらん、て、鼻息あろうしてたて、聞きますよ。

数　まさか。

ホキ　そこ、石、座んなはれ。初対面が汗だく言うのもあれですから。

数　そうですね、あ、カレーライスが大好きというのは、仲人の大名先生からうかがってます。一応、腕は磨いてきました。

ホキ　カレーライス……え？　カレーライス、やったかな？

数　（座る）ふう、どっこいしょ。ねえ、ホキさんほどのお女中さんを賄えてんですから、しっかりした作家先生なんでしょうし。うっかりできないから。

ホキ　（声をなぜかはりあげて新聞を広げる）わたし、新聞やら読むんですよ！

数　（少し動揺して）あ、びっくりした、すごいのね。

ホキ　うわ、自殺や。嫁入りの日やゆうのに、げんの悪い。

数　自殺？

ホキ　佐賀有数の豪商「鍋島製菓」の三男坊。あ、岩鉄煎餅の息子ですわ。

数　あの、尋常でなく固いお煎餅の？

ホキ　帝大生やて、もったいないやっちゃ。

数　まあ。

ホキ　カルモチンを大量に飲んで自殺未遂。二度目やそうですよ。

数　そんな恵まれた人でも、死にたくなるもんなんですねえ。

ホキ　未遂ゆうのが女々しいわ。男やったら汽車飛び込んだったらええんですよ。パーン、

数　死ねますわ。……長谷川葉蔵やて、すかした名前や。

ホキ　（覗き込んで）あら、ずいぶんとハンサムボーイじゃないですか。ハンサムボーイですか？　眉毛も目ェも顎もかくかく切り立って、崖みたいな顔違います？

数　じゃあ、その崖から飛び降りればよかったのに。

ホキ　……。

数　ホキさん？

ホキ　おもろ！　自分の顔の崖から自分が飛び降りるんですか？

二人、大笑いする。

ホキ　数さんて、おもろい人なんですなあ。ツダマン先生は、そんなおもろいことよう言わんから、うち、楽しみになってきましたわ。

数　そんな。

ホキ　初めて会う日やのに、ふふっ、そんな大荷物持ってきはるし。

数　冗談抜きに、わたしは、（自分を指し）これと、（荷物を指し）これで、全部だってのを洗いざらい見せておかないと、卑怯ですから。

ホキ　（笑う）卑怯て！（下品な感じで）こんなべっぴんさん、見てるだけでお釣りきますがなー！

数　………（目が泳ぐ）

ホキ　えっと、すいません。ときどき息するようにお世辞言う癖ありまして。で、でも、どえらい歳いってはるけど、べっぴんさんは、ほんまです。

数　……（さらに目が泳ぐ）

ホキ　ほんっま、すいません。どえらい、というほどでは、ないです。

数　大名先生の紹介ですから、失敗のないようにしないと。ほんとうに（少し含みのある感じで）お世話になった方ですから。

ホキ　数さん、本郷（ほんごう）の今関（いまぜき）酒店の後家さんでしょう？

数　ええ。もう潰れましたけど。

ホキ　ご主人、地雷踏んで、戦死されはったとか。

数　ええ。

ホキ　どないして、大名先生とお知り合いにならはったんですか？

数　……うちの人、わたしと見合い結婚する前の話ですけど、帝大の文学部の学生さんが多く来る店だったもんですから、酒屋のくせして影響を受けて、詩とか小説だのの同人誌を作っていたの。それで生前、大名先生に文章書きのご指導をうけていたんですの。

6

軍隊行進曲。プラットフォームが出現。
紋付袴の大名と、国民服姿の男女、日の丸の旗を振りながら現われる。
ホキを残し、その中に混ざる数。
汽車に乗っている軍服姿の数の前夫。出発の音。

大名　愉快だろう！　今関くん！　我ら男子として産まれて、天皇陛下の統率し給う陸海軍に入り、国家防衛のことに当たるのは、最も名誉というべきだ！
数の前夫　(敬礼して) 今関アキヨシ、愉快で、名誉であります！
仲間1　どうか御武運を！
数の前夫　大名先生！　数を、よろしくお願いします！
大名　しかと頼まれた！
数の前夫　数！　……。俺を忘れないでくれ！
数　……(動揺) え？　え？
人々　ばんざい！　ばんざい！

汽車とともに、去っていく数の前夫。

大名　数さん、名誉であるが、寂しかろう。（手を握って）心配するな。皇国の戦士に頼まれたからには、この月田川賞作家、大名狂児と、その仲間が必ず面倒見るから。なあ、みんな！

人々　そうだ、そうだ。

数　先生、……ありがとうございます！

大名　泣くな、数さん。寂しいときはいつだって君の店に行くから。

数　はあ……（ホキに言うていで）とはいえ、泣くにも泣けなかったんです、まだ、結婚して二週間でしたから。主人とのこれといった思い出もなくて、任された店の先行きだけが重荷で。あと、ただ、ただ、大名先生の手汗が、嫌で。なんであんなに雑巾を絞るように手汗をかくのでしょうね。でも、もう、雰囲気的に手を離すわけにもいかなくなっていたの。

大名　俺はそれから数さんの店に入り浸った。もう、めちゃくちゃ入り浸った。もちろん数さんが心配だったからだ。しかし、数さんは、とてもなんというか、入り浸らせてくれるんだよな。そこで探究心が捲き起こった。この女……どこまで入り浸らせてくれるんだろう⁉︎

強張　（いつの間にかいて）なんですか、その探究心は。

大名　入り浸るたび、皆でタダ酒を飲み倒した。カネに困ってもいないのにだ。どこまで、どこまで飲ませてくれる、この女⁉︎　ふはははは！　……そんな自分が、怖かった。

強張　こっちですよ。怖いのは。

大名　一年後、第一次上海事変で旦那が戦死を遂げた。

爆音。どこかで吹き飛ぶ数の前夫。強張、去る。

大名　その次の年も、また次の年も、俺は、同人誌仲間をひき連れて、数さんちに入り浸った。

たとえば、おぼろな月の夜だ、なんてな理由でおしかけた。♪すちゃらかちゃんちゃか
すちゃらかちゃん！

全員、『運の月』を歌う。

瞬間、数の家の座敷になる。茶碗酒のどんちゃん騒ぎである。

貧乏そうな裸電球が灯る。

数、忙しく皆（和装）の相手をする。

S2　『運の月』

月、月、ああ月が出た
赤子のような月が出た
女の股のその上に
出てきたことを涙ぐむ
これがわたしの運のつき

月こそ、わたしのその姿
くっつき、いちゃつき、色気づき
目つき、きつきは、うまれつき
運のつき、ああ、うまれつき
ちゃんちゃかちゃん　ああ、ちゃんちゃかちゃん

大名　いやあ、今宵の月がやけに、おぼろでね、数さん、どうしてるかな、寂しくないかな、と思うと来ずにおられんでね（と、手を握る）。

数　ほんとにありがとうございます。深夜の二時にわざわざほんとに。（手を拭う）熟睡してたんでね。明日の朝、めちゃくちゃ早いもんですから。

仲間1　僕たちはゆっくりなんで大丈夫です。

数　いえいえ、もう、かつかつで、かつかつの数さんなんですのよ。

仲間2　かつかつの数さんか！

仲間3　こりゃあいい！

仲間たち　ゲラゲラゲラゲラ。

ホキ　……（こちらの世界に割って入り）わろてる場合ちゃうやろ。

数　どうぞ、最後の剣菱（けんびし）です。お飲みになって（一升瓶でついでまわる）。

仲間3　剣菱か、いいですね。……え？　最後の？

数　もう、これっきり、ないんですの。

仲間1　ビールは？

数　　ないんですの。
仲間2　焼酎は？
数　　ないんですの。
仲間3　ウイス……。
数　　ウイスキーもブドウ酒も、ジンもウォッカもドブロクも、なくなっちゃいましたあ（笑う）。みんながぜぇぇぇぇんぶ、飲んじゃったから、ないんですの。この今関酒店、すっからかんですの！　すっからかんの数さんですの！
仲間2　すっからかんの数さんか！
仲間3　こりゃあいい！

全員、笑う。

ホキ　そやから、なにがおもろいねんて！
仲間2　（急に）待って。なんか……失敬なこと言われている気がしてきた。
数　　え？
仲間1　なくなったのなら、なぜ新しく買い足さないのです？
数　　お金が……ないからですけど。すいません、興ざめなこと言っちゃって。
仲間4　それじゃわたしたちが、友人の戦死に付け込んで、この店の酒をただで飲み倒すあつかましい人間のようじゃないですか！
ホキ　図星や思うけどな。

仲間2　僕らが全部飲んだからって、え？　僕らが全部飲んだって言うんですか？　言うやろ。

ホキ　とんだ、ボタンの掛け違いだな！

仲間1　使い方、おうてんのか？

ホキ　不愉快だ。帰りましょう！

仲間3　

仲間たち、ぞろぞろ帰る。

数　待って、待ってください。謝ります、謝りますから！　何に謝ればいいのかすぐにはわかりませんが、とにかく試しに謝ってみますから！

仲間1　謝ったとて、酒、ないんでしょ？

数　（若干開き直って）はい。ないです。そんです。わたしが酒のないおばさんです。

仲間5　バカにされてる気がする！（去る）

間。

数　そして誰もいなくなった（へたりこむ）。

大名　（後ろ向きに飲んでいた）俺、ここにいるんだけどな。

数　大名先生、……わたし、そろそろ潮時かなって。

大名　う？

数　博多の実家に帰って家業の瓦屋の手伝いでもしようかと思ってんです。五年で店ェ潰しちゃって、主人の親族にも申し訳がたたないし。

大名　俺たちがこんなに入り浸ったにもかかわらず、残念だ（手を握る）。

ホキ　入り浸ったからや思うけどな。

数　……寂しいは寂しいんですけど。

大名　寂しさは人生の大命題よ。俺こそ、寂しい。数ちゃん、東京にいてよ。（そう言いつつ、手が数の股をまさぐる）ふん……ふん。

数　先生。

大名　ふん？

数　（目も見ずに）小さい頃、近所の川んところにしゃがんでたらね、いきなりカマキリが川に飛び込んだんです。知ってます？　カマキリって、自殺するんですってね。続いてもう一匹。さらにまた一匹。驚いて見てたら、カマキリのお尻から、長いメメズみたいなのが、ニョロニョロ出てきたんです。（指で尺を示して目をむく）こんな！　あれ、ハリガネムシって言うんですってね。そんとき、今まで出したことないような声で叫んじゃったんですけど。……今なら、それに近い声が出そうな気がします。出しますか？

大名　出さない方向で（手を引っ込める）。

数　（手ぬぐいで拭う）手汗、やめたほうがいいですよ。

大名　……数さん。大事なこと教えようか。

数　はい。

大名　手汗は、俺の意思で出しているわけじゃない。

数　……。
大名　手汗は、俺の意思で出し――
数　（食い気味に笑顔で）聞こえてます。（立ち上がる）さ、かたづけましょうかね。
大名　結婚してくれ。
数　うわうわうわうわ。うわうわ。
大名　もちろん俺の友だちの話だ。
数　ああ、死ぬかと思った。
大名　俺の古い馴染みで、津田万治って作家がいてね。
数　作家さんですか。
大名　ツダマンて呼ばれてる。ちまちました、こう、些細な小説を書くのよ。だから人の世の波風のおもしろみを書く俺ほど売れてはいない。でも、一人もんだ。親から継いだ家もある。俺は今年から月田川賞の選考委員をやっているが、いま、やつは、候補になっている。俺は強く推すつもりだ。賞さえとれれば、作家人生盤石よ。どうだ。
数　……うちの人も、いつかは、月田川を、と言っておりました。
大名　こちらもあんたに責任を感じてる。実はもうやつに数さんの写真を見せてある。
数　いやだ、恥ずかしい。
大名　結婚には興味がないなんてことを言ってたが、靖国の妻だと言われ、写真を手にしたとたん一目惚れ、そんな顔をしてたよ。……すすめていいか？
数　（艶っぽく）その話……意地でも断ってみたい。けど、先生に一度世話になると決めたからには、もうずっと世話になんなきゃいけない。そんな義理？　いえ、義理に近い

大名　なにか、が、あるような気がする。……あたし、バカなんですかねえ。ずるいんですかねえ。
数　せんじつめりゃあ、未練さ、なにごとも。
大名　戦地に向かう夫に、忘れないで、って言われて、………二週間の夫婦生活で、それ言う？　ずうずうしい！　って思っちゃったんですよねえ。その罪悪感でこれまで頑張ってきたんだけど。
数　見合いを手配させてもらっていいか？
大名　そんな必要は、ございませんのよ。
数　う？
大名　（さらに艶っぽく）次は、妻としてお会いできるならこの話、おうけします。だって、いろいろあれでしょ、めんどうじゃないですか。
数　こころえた。いずれにせよ、……今日のことは忘れてくれい。
ホキ　（鼻で笑って）はなから墓場まで持っていくつもりです。
　なんか……大人の会話すぎて……（叫ぶ）吐きそうや！　……さ、数さん、時間や、いきまっせ。

ホキと数、去る。

7

大名　こうして俺は、ツダマンと数さんの仲を取り持った。ひとつ問題はあった。ツダマンは、カフェで歌ってる女優の神林房枝とねんごろだったからな。

音楽。タンゴだ。
《検閲》という屏風を持ち出す女給、万治と房枝の激しい喘ぎ声。
屏風倒れると、万治と房枝が絡み合っている。
カフェの控室らしい。音楽とざわめきが聞こえる。
激しく口づけしたあと、万治は後ろから力強く房枝の乳房を揉みしだいている。

房枝　あ……あ！　あ！　……痛い、痛いです。痛いって言ってるでしょ、いつもいつも。
　別に、よかないんですよ、そんなにしても。
万治　ああ、すまん。今日で最後だと思うと、つい力が。
房枝　ふん、そうね、今日で最後に、してあげる。

カフェの女給が控室の外に呼びに来る。

女給　神林さん、お着替えですよね。もうすぐ出番ですよ。

房枝　（口紅を塗り直しながら）はーい！　先生、約束の戯曲。ちょうだい。

万治　（服のポケットから原稿の束を出す）ああ、昨日徹夜で仕上げた。タイトルは『女の決闘』だ。言われたとおり君が主役だよ。

房枝　（パラパラとめくって）ふう。わたしの役がいっぱーい！　助かるわ、うちの劇団、座付き作家が特高に追われて逃亡中なのよ。

万治　（封筒を渡し）少ないが一〇〇円だ。女優ってのは物入りだろう。

房枝　特に左翼の女優はね。（受け取り、数える）ありがとう。

万治　すまないね。初めてこのカフェーで君が『夜のプラットホーム』を歌うのを見た日、僕はすっかりまいっちゃってね。

房枝　言わないで。（その両肩に手をのせ）先生、かわいいんだから。

万治　しかし、大名の頼みは断れない。僕の渾身の短編『水道の滴り』が月田川賞の候補になってる。やつは選考委員だ。一票が作家人生を左右する世界にいる。我が命を賭しても、今、大名に貸しを作っておきたいんだねっ。

房枝　わかるわ。作家の本懐ね。残念だけど、わたしは炊事一つできないし、性根が左翼の女だから、男を支えるようには生きられない（また口づけをする）。

大名　ものわかりのいいふりをしてるが、どうせ、ツダマン一人じゃなかったんだろ、あんたのヒメゴトの相手は。劇団の内部ってのは、ずいぶん乱れてるって聞くぜ。

房枝　（大名に）とても大事な人が、一人だけね。（もとに戻り）さ、元のお友達に戻りましょ。
万治　……お友達。いい言葉だね。でも、もろもろ内密に頼むよ。
房枝　あははは！　あははは！　行ってらっしゃいな、リアリズムとやらの世界へ！

房枝が、万治を押し出す。
バシャ、パシャ、と、フラッシュをたく音。
万治と数の婚礼写真の世界が出現する。
万治はひきつり笑い。数はかなり引け目を感じた表情だ。傍らに大名。
音楽の中、舞台はカフェの雰囲気から津田家の居間になっていく。拍手。
流れていたタンゴが、房枝の歌うこの歌になっていく。

S3　『夜のプラットホーム』

星はまたたく　夜ふかく
なりわたる　なりわたる
プラットホームの　別れのベルよ
さよなら　さよなら　君いつ帰る

8

拍手。

歌の間に、劇団員たちが着席して酒を飲み、上座では、万治が長い巻紙の手紙を読んでいる。

上手に虎の絵の屏風。

大名　(も、客の一人だ) おい、神林房枝！　まだ新婚の家だぞ、発禁になった別れの歌なぞ歌うなよ。

房枝　だって、これ、今日の主役のツダマン先生が大好きな歌なんですもの、ねえ！

万治　(うつむいたまま) そうだよ、いいじゃないか。しょせん歌なんだから。

房枝　(やや傷つき) しょせん、歌ね。そうよ！

万治　まあ、八丁堀(はっちょうぼり)小劇場劇団員諸君よ、文壇の先輩たちからは披露宴をやらないのかとうるさくせっつかれたが、妻が自分は戦争未亡人だからと固辞するのでね。代わりに今宵は我が初戯曲完成の打ち上げの会としようじゃないか。たいした肴(さかな)もないが、どうか無限に飲んでくれたまえ (と言いながらも手紙を読んでいる)。

劇団員1　(ビールをつぎに来て) ツダマン先生、ガリ版刷りになったものを拝読しました。『女の決闘』、あれは素晴らしい戯曲です！

演出家・有坂　（大仰な口ひげをはやし、三味線を爪弾いている）会話の美学のみで構成しているように見せかけて、（声をひそませ）プロレタリアートの理念をたくみに潜ませている。実に見事です。

万治　プロレタリアート……はあ？　はは。

有坂　当世、なかなか危険ではありますが演出しがいがありますな。うちの座付き作家の新堀儀太郎（にいぼりぎたろう）くんなぞは、元共産党員であるにつけ、町中で反戦ビラなんて巻いたものだから、特高に追われてね。

劇団員2　神林さん、ねえ、新堀先生、樺太（からふと）からソ連に亡命、できたのよね？

房枝　そうよ……多分。

劇団員3　モスクワか。一度は行ってみたいものね。

有坂　この有坂奇獣（ありさかきじゅう）、演出家としてこれを必ず形とする。

劇団員4　新堀儀太郎の弔（とむら）い合戦です。

万治　（聞いていない）はあはあ、そうですかそうですか。

劇団員1　傑作『女の決闘』に乾杯！

全員　乾杯！

ホキの声　（慌てた感じで）数さん数さん、新婚さんにそないなことされたら、うちの立場がありませんて。

新妻、数が（襖を開けて）大量のカレーを持って現われる。

数　もうここに来て一か月よ、ホキさん。見て、すでにどえらい歳《とし》いった古女房づらしてるでしょ？

ホキ　てったいます。てったいますから（カレーを配りながら独り言）。どえらい歳いってるいうたの、根に持ってはるー……。

数　みなさん、召し上がってください。先生の好物、カレーライスです。

全員　おお！

万治　カレーライス？

数　具なしのカレーで、もうしわけないんですけど、らっきょだけは死守しましたので。

劇団員1　助かります！

数　（房枝に）神林房枝さん、ですよね。台所まで響いてましたよ、素敵な歌声で。すごいわ。

房枝　ぜんぜん、アルバイトで歌ってるだけなんです。

有坂　（無声映画調で）ああ、神林房枝、新劇なぞに関わらねば淡谷《あわや》のり子になれたのに！

みな、どっと笑う。

房枝　（にっこり）かといって、杉村春子《すぎむらはるこ》にもなれず。ほんとに新劇はお金にならないし当局に睨《にら》まれる。わたし、どうでもお嫁に行き遅れるわね（ちらと万治を見る）。

大名　（万治に）おい、数さん来てんだ、この会はお披露目も兼ねてんだろう？　ちゃんと花嫁を紹介せんか！

ホキ　大名先生の言うとおりです。ずっと巻物読んではって。
万治　この手紙を読むことをせかされているものでね。
数　　手紙？

衝立（ついたて）を倒して強張、現われる。

強張　（正座している）もうしわけありません！
ホキ　わ、びっくりしたわ。
強張　わたくし、佐賀鍋島製菓東京支店番頭、強張一三ともうします。ご無礼かとぞんじましたが、鍋島製菓社長の三男坊たる長谷川葉蔵が、よせばいいのに、と、あえて付け足させていただきますが、小説の道を志しておりまして、津田万治先生の月田川賞候補作『水道の滴り』に、よせばいいのに、いたく感動、つきましてはなんとしてでも師事したく、つまり、これ一番強調したいとこですが、よ・せ・ば・いいのに、弟子となりたく、その意思手紙にしたため、郵便投函では安心できぬと言うので、不肖、強張、ご自宅まで手持ちで持参した次第でございます。
万治　君らが来る前からいるんだよ。よせばいいのに。
ホキ　鍋島製菓……言うたら。
有坂　うちの劇場に緞帳の寄贈をいただいた、あの。
強張　はい、あのバラックづくりの劇場に釣り合わぬ、ビロウドの緞帳、僭越（せんえつ）ながら東京支店から寄贈させていただきました。もちろん坊っちゃんからの申し出です。

劇団員たち　ありがとうございます！
有坂　緞帳は劇場の顔ですからな。
強張　後悔しております。アカの巣窟に塩を送るとは何事と、本社から大目玉を食らいました。
（泣く）不肖強張、商い一筋、思想とか、ぜんぜん知らないもんで！
万治　（静かに）その資本家の御曹司様が、弟子にせねば、死ぬ、と書いてあるんだ。

みな、気色ばむ。

強張　そこです。ぜひ、今夜中にお返事いただきたいと、本人、すぐ近くのカフェーで待機しておりまして。この強張、止めたんでございますよ！　……あ、わが社の「♪岩より硬いお煎餅」で、おなじみ岩鉄煎餅です。お納めください（煎餅を差し出す）。

ホキ、なにも考えずに、煎餅をみなに配る。

大名　貸せ。（手紙を読む）何度かお手紙さしあげております。覚えておりますよね。三年前、帝大で僕が主催する『赤目文芸』という同人誌に一度先生の随筆を執筆いただき、僕のポケットマネーからけっこうな原稿料を郵送しました。長谷川葉蔵です。弟子入りの件、どうにもご返事いただけないので、これを最後にしようかと思います。……
（小声で）金をもらっていたのか？　『赤目文芸』、アカ？　……どう考えてもドのつく左翼の同人誌だぞ。新劇の連中とのつながりといい、お前危ない橋を渡りすぎじゃねえか。

万治　お前が知っているように、僕は、ノンポリティカルな人間だ。……（苦渋の表情で）三年前のあの頃は、金が必要だったのだ。

なぜか、気まずい顔のホキ。

ホキ　（話をそらすように）それにしても、恩着せがましい弟子志願ですなあ。

突然障子が開き、女給に体を支えられた、着物に袴姿の葉蔵が入ってくる。酔っている。

葉蔵　恩を着せてでも、弟子になりたいという切実さの現われととっていただきたい。（倒れるようにおじぎ）突然失敬、手紙の主の長谷川葉蔵であります！

強張　坊っちゃん！　あれほど来てはいけないと！

女給　うちは止めたのに、ベロンベロンに飲まはって、待ちきれへん、待ちすぎて死んでしまうって言いはるから。ん？　あんた（ホキに気づいて怪訝な顔）キホさんちがう？

ホキ　……（ふっと顔を隠す）知らん！

葉蔵　だまれだまれ、なんでんねん、かんでんねんと、なぜか女給全員が関西弁のカフェーにうんざりしたのだ！（金を投げつけ）帰ってよ！（鞄からロープを引っ張り出し、首に巻き付け、端を鴨居に引っ掛け、その一端を劇団員たちに渡す）お見受けするに、八丁堀小劇場の皆さんでしょう？　これ、引っ張ってください。

有坂　なんの茶番だ。無礼だぞ、君。

葉蔵　寄贈した緞帳、いくらだった、強張。
強張　二五〇円ほど。（客に）あ、現在の一五〇〇万円ぐらいですかね。
有坂　さあ、ひっぱろうじゃないか。さあ、みんなも持って持って、おもしろい趣向だ。せーの！
劇団員　えい！
劇団員たち、ぎりぎりまで縄を引っ張る。
葉蔵　あ、そこまで。本粋で死んじゃうから、そこまでで（爪先立ってぶらぶらしながら）。今の続きを読みます、というか、何度も推敲して書いたので、暗唱できます。もしわたしの訴えに理がなければ、どうぞ、その縄、わたしが天井につくまで引っ張ってください。その覚悟です。………（暗唱）先生、これは僕の劣等感にまつわる問題です。ご存じ僕の実家は佐賀の豪商。そもそも武雄温泉界隈の大地主で、長崎に工場を持ち、全国に支店を展開する我が家と、有名とはいえ、一芸術家の子息である先生の暮らしぶりは雲泥の差。僕は幼い頃から三人の家庭教師をつけ、一校からすんなり帝大仏文に入れました。それに、どう客観的に見てもハンサムなのがいけない。一四の年に女中に童貞を奪われて以来、女に苦労をしたこともない。
有坂　えい！（ロープを引っ張る）
葉蔵　（首が引っ張られたので）ぐえ、（ヒステリックに）誰だ、今引っ張ったの!?
有坂　すまん、なんか腹が立って！
房枝　確かに、長谷川一夫みたいなハンサムガイではあるわね。

万治　……（目が据わっている）続けたまえ！

葉蔵　僕は、苦労のなさを恥じているのです！　先生のご母堂は関東大震災のさなか狂死されたとか。母が狂死！　なんて、甘露な響きなのでしょう。あの芥川と同じ境遇ではないですか。それを知って先生に『赤目文芸』に随筆をお願いした次第。初婚にして戦争未亡人をめとられた、という最新情報も実に小説的だ。さらに、先生は浪人した上、私学のご出身！　当世、ほとんどの作家が帝大を出ているのに、ちょっ、私学って！（笑う）

万治　一回ひっぱろうか。

劇団員たち引っ張る。ここから強張、葉蔵の話にタンタンとツケを打つ。

葉蔵　ぐえ、ずいません！　……さらに産みの母親が女郎だったともうかがっております。

万治　芸者だよ！　体は売ってない！

葉蔵　おしい。女郎だったら前代未聞だったのに。僕の母親なんて、ただの華族の娘ですよ。先生は、境遇にセンスがある！（タンタン）漱石はイギリス留学で神経を病み、川端康成は孤児。（タン）啄木は貧乏にさいなまれじっと手を見る。（タン）谷崎やあ名のしれたド変態、（タタン）有島武郎は美人編集者と情死、高村光太郎の妻千恵子は発狂し、ああ、東京には空がないと言って（タン）……じっと手を見る。

ホキ　じっと手ぇ見る人多いなあ。

葉蔵　……文壇は逆境の見本市です。僕に逆境があるとすれば逆境がないことだけです。（タンタタン）逆境が作家の体内で発酵し、小説に豊穣をもたらすと、僕は思う。（タン）僕の作品が（タン）箸にも棒にもかからないのは（タタン）、苦悩だけがあって境遇が安楽にすぎる（タタタタン！）。そのカンカンすんの、やめて！　しゃべりにくいわ！　……同人誌仲間にもブルジョワであることを揶揄されました。だから左翼運動を標榜する八丁堀小劇場に緞帳を送った。そうしたら、そんな行為こそブルジョワ的なのだとバカにされ。それで僕は命を賭した抗議としてカルモチンを飲み、自殺を図りました。しかし、それも未遂に終わり、（泣く）さらにバカにされた。なぜ、こうも皆、バカにするのかしら。バカだからじゃないか？

大名　（大名をツケで叩く）

強張　叩いた……この人、叩いた。

大名　奥さん。

ホキ　顔が崖の人？

数　間違いおへん。

ホキ　先生が何よりすごいのは、その逆境が作品に反映されているふうに見えないところ。

葉蔵　月田川賞候補作の『水道の滴り』を読みました。主人公が小説を書こうとしていると、ふと、台所の水道から滴る、ぽっちゃん、ぽっちゃん、と、丼に落ちる些細な音が気になる。蛇口を閉めようかと席を立つが、ふとまた気になる、いや、ぽっちゃんぽっちゃんではなく、これは、ぽっちょんぽっちょん、ではなかろうか、と。それで、遊びに来ていた愛人に聞くと、ぴっちょんぴっちょん、じゃないの？　と素気なくされる。いや、ぽっちょんぽっちょんだろ、いや、ぴっちょんぴっちょんだわ、そういったやりとりが、一〇ページほど続いたあと、主人公は思う。人の聴覚というものは、なるほど、さまざまだ、すまなかった！　おしまい。

なんですか、これ！　しょうもな！　だけど読ませる！　先生のご友人の大名狂児などは実にわかりやすい、うけのいい歴史物、偉人伝を書き飛ばし、富と名声を得て、豚みたいに肥え太っているのに。

大名　俺、ここにいるんだけどな。

房枝　（耐えきれず笑う）やあだ、あれを書いたの？

数　………あれ？　とは？

房枝　（ハッと手を口に）なんでもありません。

数、房枝と万治の顔を見比べる。

万治　（慌てて）も、もう夜も遅い！　この青年とは僕がきっちり話すから、君たちは帰ろうか？　つうか、いつまでダラダラしてるんだ！　あきれるね。キチガイなんじゃないのか!?　カレーは皿ごと持って帰んだよ！　あとがめんどうだからね！

劇団員1　無限に飲めって言ってたのに。

万治　（房枝が腕組みしているので）君も、帰るといいよ。帰ると、いいことがあるよ。道にまだ大丈夫なお饅頭が落ちてたり、するよ。

房枝　わたしは、まだ、打ち上がってない。この戯曲の主役はわたしです。

万治　じゃ、じゃ、君、ホキさん、ほら、代わりに縄持って、早く。

劇団員たち、ぞろぞろ帰っていく。

数とホキ、釈然としないまま、縄を受け取る。
房枝、タバコに火をつけ、吸う。

ホキ　これやる意味、なんなんでしたっけ？
数　よくわからなくなってきました。
数・ホキ　ヨイショー（ロープをぎりぎりまで引く）。
葉蔵　わからない。ツダマンがわからない。僕はそこに賭けたい。僕をバカにする奴らを見返すには、このわかりにくい、売れてもいない作家を師とし、それでも傑作をものにするしかないのです！　さもなくば、死あるのみ！　そういった次第です。乱筆乱文お御免！

間。

数　終わりました？
葉蔵　（爽やかに笑ってうなずく）ええ。
数とホキ、手を離し、ドサッと落ちる葉蔵。
数、慌てて葉蔵を抱き起こす。
数　ごめんなさい！

万治　これはなんだ？

万治、手紙の端に貼り付けられた新聞の切り抜きを見つける。

葉蔵　先生の『水道の滴り』について東京甲乙丙丁新聞に載った評論家の渡辺満貫の評です。未読なれば、ぜひ、お知らせしたく、切り抜きました。

万治　（読む）津田万治。まごうかたなき中年新人である。遅きに失した月田川賞候補作は、いわば読む睡眠薬である。日本が中国に打ち勝ち、大躍進している今、水道の水の垂れる音にかかわる会話だけで三〇枚。国家総動員の流れのなか、誰もが世界の動きに耳を澄ませているというのに、ただ一人、蛇口に向けて耳を澄ませている。バカなのか？　西洋的個人主義とやらをいまだ持ち上げる太鼓持ちである。とうぜん落選だろう。

葉蔵　……渡辺満貫。

大名　ねえ、ひどいですよねえ。作家つかまえて太鼓持ちだなんて。

万治　よせ、若造。

葉蔵　……渡辺満貫！

と、言いながら万治、震える手で岩鉄煎餅を摑み、嚙む。

強張　あ、そんな勢いでうちの煎餅を嚙ったら。

万治　（歯が折れ、煎餅がバキンと割れる）が！

強張　歯が欠けます！
万治　（歯を押さえ）先に言え、それは！
強張　もうしわけありません。
万治　ふぁせがわくん。
葉蔵　ふぁい！
万治　悪い知らせを持ってきたもんだな……これ（歯）あげるから出ていってくれ！
葉蔵　良かれと思って！
房枝　あなたも成長するわよ。師が弟子を育て、弟子が師を育てる、の言葉もあるわ。
葉蔵　先生……実は、緞帳を寄贈した件と自殺未遂が親にばれて、帝大卒業と同時に実家からの月一〇〇円の仕送りがストップします。
房枝　一〇〇円！
葉蔵　わたしは、作家で身を立てなければ、死ぬより道はありません。
房枝　その覚悟、わたしは支持する。
数　ちょっとあの、それはどうでしょうねえ。
葉蔵　あなたは？
数　津田の、妻ですが。
葉蔵　罪だ！　こんなに美しい奥さんがいて、人に幸せをわけあたえないのは、いかにもブルジョワ的です！
数　……そんな。
万治　大名の弟子になればいい。僕より売れてる。

葉蔵　この人は、多分ほかにいっぱい先輩の弟子がいるから、その中での上下関係が怖い！　絶対なんか体育会系の予感がする。僕を見てください。ね？　だいたいの人間に嫌われるタイプです。あなたのほうが、師として御しやすい！（土下座）どうか、師として、御されてください。僕、弟子として、御します。御。お願いします。

大名　なんか、すげえ言いたいこと言ってる気がするが。

万治　大名は今回から月田川賞の選考委員だぞ。

ペペン、と、三味線。

葉蔵　ううっ!?　……つ、つきた、がわ？

葉蔵、じわじわと土下座の向きを大名のほうに。

大名　俺の弟子には厠で俺のケツまで拭いてもらうよ。手が届かないんでね。

また、ペペン。葉蔵、また土下座の向きを万治に。

葉蔵　しかし……つきたがわ……ああ、けつのあな（土下座のまま回り始める）うううう。

ホキ　回転式の土下座、初めて見るわ。

万治　いい加減にしたまえ！　割れ煎餅の尖った部分で、刺すぞ！　ザクって！

葉蔵　………わたし、とうとう死にます！　本気です。この可能性の塊を失うこと、後悔しやがれ！

葉蔵、走り去る。

強張　ぼっちゃん！（追いかけて去る）

考え込む万治。

房枝　いいの？　先生。あの人、死ぬってよ。（そわそわ）止めなきゃ！　わたし、止められると思う！

房枝、去る。

ホキ　……死ぬわけあるかいな、アホやなさては、あの女。走り方もアホやし（片づけ始める）。
大名　俺ぁ、かえらあ、さっき愚妻からこの家に電話があった。内閣情報部から内密な通達が届いてるらしいんでね。
万治　……大名。
大名　ああ？
万治　選考会、一週間後だな。銀座、正珍楼（せいちんろう）か。支那料理の油で口滑らせて、迂闊（うかつ）なことを

大名　言わず、頼むぞ。
　　　まかしとけい。

大名、帰る。

数　……あなた
万治　死ぬわけあるかいな。

ずうううん、という重ための音楽。
万治の脳裏に「母様（カカ）……母様」というかつて母を探した自分の声がこだまする。
さまよう、オケイの影。笑い声。

数　（その雰囲気を止めるように）あなた！　……あの、房枝さんて方と……なにかありました？
万治　え？
数　あったって……あったってかまやしないんですけど、把握はしておきたいのです。
万治　あのね。ライスカレーだ。
数　え？
万治　僕が好きなのは、カレーライスじゃない。ライスカレーだ。
数　ごめんなさい、どう……違うんです？

万治　たいして違わない。だが、ライスカレーとカレーライスは違う。説明は難しいがまったく違う食い物だ。じゃ、逆に問うが、タヌキウドンとウドンタヌキは、同じ食い物かね。
数　ウドンタヌキ、って、なんですか？
万治　たぬきに……うをね、うをこう、どんと、叩きつけてだね（突然立ち上がり）やはり長谷川くんのことが心配だわな！
数　あ。びっくりした。
万治　考えてみろ。今彼に死なれたら警察沙汰になり新聞が騒ぐ。僕の月田川賞に傷がつく！　それにあんなに反物みたいな長い手紙を僕にくれたのは彼が初めてなんだぞ。隅田川のあたりを探すんだ。僕はとりあえず、その筋のものに電話する！
数　その筋の？　え？
ホキ　死にまへんて！　しゃあないなもう！（走り出す）

全員、駆け出す。音楽。

9

夜の路地となる。
強張、走ってくる。

強張　（いきなり倒れ込んで）走っては見たものの！（泣く）今、気がついたけど、もう、歳だあ！　嫌だあ！　わたしはもう、六〇歳なんだよっ！　歳、嫌だあ！

ホキ、走ってくる。

ホキ　あ！　番頭の人！　どないしはったんです？
強張　おのれの加齢に絶望しました。ただそれだけです。
ホキ　どうせ、死なんのでしょう？　あのぼんは。
強張　意外とちゃんと死ぬ気ではあるから怖いのです。ぼっちゃんにとって、死のみが逆境なのですから。
ホキ　ほな、うちが言うたりますよ、汽車パーン飛び込んだらええやん！　て。

強張　……大阪の人なんですねえ。
ホキ　へえ？（手をかそうと）
強張　あ、ありがとう。立てます。……さっきの関西弁のカフェーの女給は、あなたを知っているふうでしたね。
ホキ　……。
強張　関東大震災のあとですかねえ、大阪からまるごと一軒大箱のカフェーが東京に引っ越してきた、と、聞きます。おさわりあり、もしくはそれ以上の、風紀が乱れたカフェーだと。そこには借金を抱えた哀れな女給が大勢いたと。
ホキ　……へへっ。なにが言いたいやら。
強張　いえ……ぼっちゃんが師事したいって先生がいる。となれば、素性を調査するのがわたしの仕事ですから。
ホキ　探偵のマネごとですかいな？
強張　ツダマン先生は三年前までずいぶんそのカフェーに通ってらっしゃった。それで、ぼっちゃんは、今夜、そこに行ってみたわけです。
ホキ　物好きなことを。
強張　あなた、そこにいましたね？　カフェホワイトタイガーに。借金を抱えていてたら……
ホキ　（開き直り、どすの利いた汚い声で）どないやちゅうねん!?
強張　……（ひどく怯えて震える）お……わ……お。

子犬が出てきて、強張にひどく懐く。

ホキ　あ、すいません。子犬が懐くほど怯（おび）えさす気ィは……。
強張　大丈夫です。（手帳を出し）あなた、お名前は？　今後のお付き合いもあるし、聞いておきたい。ぜひ。
ホキ　うう、めんどくさいな。
強張　教えてください。
ホキ　……そっぴだ。
強張　（筆を止め）そっぴだ？
ホキ　そっぴだ、めけけ、です。
強張　ふざけてますか？
ホキ　いいえ、ちょちょせ、がび、です。いえ、すぎちょびれ、を経（へ）て、へてぽんてす、です。
強張　（やや怒鳴る）頭に浮かんだ言葉を次々に言っていい時間ではありません！
ホキ　どうせ調べはりますよね。
強張　調べはります。
ホキ　……オシダホキ、あっこでは、キホて、名乗ってました。
強張　先生は……アナタの借金を肩代わりしたんじゃないですか？　ぼっちゃんが道楽で発刊していた同人誌『赤目文芸』の法外な原稿料で。その話をしているとき、気まずそうに、話を変えた。
ホキ　……よう見てる、おっさんやでほんま。
強張　不思議なんですよ。独身、しかも売れてない作家が、いくら遺産を持っているからって、女中を雇いますかねえ？　ましてや、奥さんをめとっても、あなたは暇を出されない。ツダマン先生は、カフェホワイトタイガーからホキさんをスカウトして、女中にした……ん、ちゃいます？

ペペン。と三味線。

ホキ　この話、それ以上、掘らんといてもらうには、どないしたらいいんです？
強張　ま、ま。人間、聞かれたくないことのひとつやふたつ、ございますからね。………（改まった感じで）ぼっちゃんの弟子入りに全面的に力を貸してください。幼い頃から彼を見守ってきました。あの人は、弱い！　わたしの願いはそればかりです。お互い人に仕える身。仕えることにしかおのれがない身。
ホキ　……仕えることにしかおのれがない。なんや、刺さりますな。
強張　おもんぱかっていただけますか？
ホキ　おもん……ぱかります！　せやから、もろもろ奥様には内密に！　やましいことはあらへん……のですけど、ぎくしゃくしそうで嫌なんです！
強張　（ほくそえむ）仕える人間が、増えましたね。
ホキ　ひいい、悔しい！　けど、この人なんかおもろい気がする！
強張　……行きましょう！

二人、去る。

10

両側から万治と数が出てくる。隅田川の前だ。数は疲れている。
三味線弾きを乗せた小船が一隻、流れていく。船頭の小唄、その音色続いて。

数　ああ、先生。北十間川付近を探していたけど、どうにも途方に暮れてしまって。

万治　そうか。いま、昔の馴染みに、このへんの安宿を探させてる。

数　昔の馴染み？

万治　ああ、こういうことにたけている連中でね、じきに見つかるだろう。疲れたかい？

数　このあたりは昔、浅草にお使いのついでに何回か寄ったことがあるんですが、ずいぶんなんだか、様子が違ってて……。

万治　震災でほとんど焼けちまったからね。この隅田川の川っぺりも火災旋風に耐えられず身投げした人間の屍が積み上げられて……むごたらしいもんだったよ。

数　そうね。新聞で見ました。

万治　そのなかには、僕の母親もいたんだ。黒焦げで、焼けたものさしを握りしめててね。

数　……まあ。

万治　僕に文章をしこんでくれたのは、母なんだ。高名な短歌の先生の娘でね。ものさしで何度もぶたれたよ。

数　ものさしで？

万治　それを持ったまま死なれちゃあ、僕は文学をやめるわけにはいかないじゃない。少なくとも、こたびの月田川賞は逃したくない。

数　（万治の背中に手を置き）きっと長谷川さんは生きていますよ。

万治　そういえば、君は、母にどこか似ているんだ。

数　………嘘でしょう？

万治　（笑）表情かな。いや、気のせいかもしれない。

遠くを、強帳とホキがゆく。

強張　（エコー）ぼっちゃーん！

ホキ　（エコー）アホぼーん！

風鈴売りの屋台が幻想的に通りすがる。

万治　なあ、こんなときだが、初めてじゃないか？　二人きりで夜道を歩くなんて。

数　……ああ。そうですね。結婚してからずっと、大名先生や劇団員の方が入り浸ってましたからねえ。

万治　どうかね、せっかくだから夫婦らしい、踏み込んだ話でもするかい？

数　万治　（笑う）せっかくだからって。君は、夫婦だった時期があるから珍しくもなかろうが、恥ずかしながら僕は夫婦の会話をするのは初めてなんだ。

数　……そうですね。笑ったりしてすみません。

万治　（笑顔で）何回、やったんだね？

数　え？　……はい？

万治　前の、文士気取りの酒屋のご亭主とは、何回ほどやったんだ。何回だ。

数　……何回か。……それは、重要なことですか？

万治　これ以上の重要ごとがあるかね？　その回数を僕が追い越すまでは、なんか……なんかあれじゃないか。

数　あれ？

万治　嫌じゃないか。うん、ずいぶん踏み込んだ話をしてるのはわかる。でも、せっかく夜道にいる夫婦だ。ここは踏み込むべきじゃないか？

数　何回とは（覚悟を決めて）挿入の話ですか？

万治　……そ（顔を真赤にする）。

数　挿入した数を言うんですか。

万治　……そ……え？　……ウェ。

数　そんなに恥ずかしいのなら、聞かなきゃいいんじゃないですかね!?

万治　そうだ、そんな話はよそう。ははは。気の迷いだ。回数の話なんてばかげてる！

数　挿入した数なら………ゼロです。

万治　そんなバカな！　二週間は暮らしていたんだろ？　君みたいに、うつ、美しい女を徴兵検査で甲種合格するような頑健な男子がほっておけるわけがない。

数　それはありがとうございます。でも、見合いから二度目に会って結婚して二週間ですよ。ほっとかれはしませんでしたが、あの人に赤紙が来てからは、大名先生が毎日励ましに来て、朝まで宴会続きで。

万治　………なんだ、そうなのか。でも、さすがに、でも、挿入に至る寸前のなにがしかの、入口付近での、こねくり合いは。

数　それは（すごむ）どうとでもご想像なさればいいかと！

万治　だねっ、だねっ。ごめんよ。もう帰るのもめんどうだし、道で寝ようか？

数　そこ、犬の糞が。

万治　わ！

数　わたしからの踏み込んだ質問にも答えてくださいます？

万治　え？（キレる）な、なんだ？　なんだっつうんだ、だっつんだ、それは、おおん!?

数　身がまえすぎです。……せっかくの夜道の夫婦なんでしょう？

万治　そうだった。僕だけ身がまえちゃ不公平だね。

数　神林房枝さんとは、なにもない、で、いいんですね？

万治　………その話はだねえ。

数　あっても文句は言いませんよ？

万治　………。

数　でも、もしあったとしたら、聞きますが。

不穏な音。後ろ襟から、なぜか、ものさしを抜き出す数。ライトセイバーのように見える。

数　（切っ先をむけ、オケイが乗り移ったようなどす黒い声で）何回です？　何回やったんです？
万治　……母様（カカ）？
数　母様（カカ）？　（ものさし、いつの間にか消えている）

侠客の直太と極実（顔が傷だらけだ）、来る。

直太　万治さん！
万治　おお、直太！　いいじゃないか、いい頃合いで現われたな、直太！　どうだ？
直太　見つけましたぃ。女と一緒です。
万治　女⁉
直太　（耳元でごにょごにょ）
万治　……………！
数　長谷川さん、見つかったんですか⁉
万治　君は先に帰って！
数　え？　でも……。
極実　さ、奥さん、けえりましょう。このへんの夜道は、おっかねえですから。

万治　ああ、おっかないよ、うん。

極実、数を送っていく。

数　この人も、じゅうぶんおっかないんですけど。

直太　鳩(はと)の街(まち)界隈の白星(しろぼし)ホテルです。入ってくのを見たものがいやす。

万治ら、去る。音楽。

11

白星ホテルの一室、出てくる。
褌姿の葉蔵と、シミズ姿でタバコを吸っている房枝が布団に。周りに丸めた枕紙が散乱している。

房枝　ひどいわ。ひどい人。わたしは、あなたをなぐさめようと、ここに連れてきてお酒をついでただけなのに。押し倒して、ひどいことした。………それも、三回も。
葉蔵　すまなかった。だって死ぬなら死ぬで思い出のひとつも作らないの？　なんて君が、聞くから。
房枝　それは、軽いベーゼ、接吻程度の意味合いよ。
葉蔵　でもおかげで、死のうという気持ちがすっかりしぼんじゃった！　あなた、素晴らしいネ！　八丁堀小劇場のヒロインにこうしてなぐさめてもらえるなんて光栄です！
房枝　（輝いて）見たことあるの⁉
葉蔵　ない！　僕、左翼とか、興味ないし。
房枝　だって、『赤目文芸』なんて同人誌やってたのよね？
葉蔵　僕、泣くと目が赤くなるから『赤目文芸』って名前にしたんだ。そしたら左翼のインテリ

房枝　がいっぱい集まってきちゃって。いやあ……なんか（偶然、稲川淳二みたいに）なんかやだなあ、やだったなあ、怖いなあ、怖いなあって！　でも、房枝さんは、いいよ。いいんだ！

葉蔵　（タバコを奪って吸い）お調子者だ。あの家に来たっきり、あなたの視線がずっと先生の奥さんばかり追っていたの知ってる。わたしそういうの見逃さないたちよ。なのに、ひどい。

房枝　でも君、接吻したら、舌を入れてきたじゃないか。あんなことされたら。

葉蔵　だって、舌の出し入れのないべーゼなんてしたことがないんだもの。

房枝　そのあと、ずいぶん、耳元であえいでいたじゃないか。あんなことされたら。

葉蔵　だって、あなた、べーゼのついでみたいに胸に手を入れるから。でも、そのまさぐり方が誰かさんと違って、うまくって。ずるいんだもの。

房枝　（喜ぶ）うまかった!?　僕、うまかったかい？　どう、うまかった？

葉蔵　もう、忘れちゃった。

房枝　思い出せよ！　僕、褒められるのが好きよ！　そしたら僕はもっと生きる！（手を叩き）大学を出たら仕送りが止まるなら、わざと留年すればいいって君のアイデア、抜群だね。仕送り一〇〇円って聞いて驚いた。銀行員の初任給は七〇円よ。取り逃す手はないわ！

葉蔵　ああ。生きて僕も小説で名をなす。先生はきっと月田川賞をとる。月田川賞作家には推薦票ってのが、一票与えられるんだ。弟子に票を投じぬ師はいないだろ。僕、有利さ、きっと！　さ、褒めてよ。僕、どううまかった？

房枝　……思い出すから、冒頭の部分を再現してみて。

葉蔵　……やってみる。

葉蔵、房枝にキスして胸に手を入れる。
《検閲》の衝立をそそくさと持ってくる強張。

房枝　……（喘ぐ）ああ！

パアンと襖を開けて万治と直太、出てくる。
慌てて《検閲》を持って去る、強張。

房枝　ひいい！
万治　盛りがついてるってことァ、長谷川くん、死ぬのはよしたようだね？
葉蔵　い、いや、そのあの……（敬礼）はいっ！
万治　爽やかな返事が似合う男だね。
房枝　慰めようと、お酒に誘ったの。そしたら、この人、無理に押し倒してきて。
万治　無理にしているようには見えなかったね。
房枝　一回目は押し倒してきたの。そのあたりは、激しかったの。今のは、四回目の、頭の部分だから。
万治　頭の部分ってなんだ？
葉蔵　頭出しをしていたんです。

葉蔵・房枝　頭出しをしていたんです。

万治　わけのわからんことを言ってるよ！　二人揃って言ってるよ！（急に拍手）おめでとう。いいよいいよ。戦時であるからこそアベックが生まれる。喜ばしいことよ。でも、葉蔵くん。

葉蔵　はい？

万治　本気なんだろうね⁉

葉蔵　……。

万治　神林くんとは古くからの馴染みだ。馴染みって言葉、重目にうけとってほしい。僕の馴染みの女を軽目に弄(もてあそ)んだとあっちゃあ、僕が許しても、直太が許しておけない。

直太、ドスをちらつかせる。

房枝　誰？

直太　誰だって……いいじゃないか。

万治　本気で、つがうとなれば、僕は今日から全面的に君を弟子にする。月田川賞をとろうって作家が書生の一人もとらないとあっちゃ、かっこつかないんでね。二人で、我が家の裏手に焼け残った蔵に住むといい。

葉蔵　ツダマン先生！　僕、房枝さんと、つがいます！

房枝　勝手にそんな……。

葉蔵　ありがとうございます！

万治　房枝くん。
房枝　はい。
万治　胸って、ああ触るんだねえ。
房枝　……わかってもらえました？
万治　わかりたかないね！　葉蔵くんはツダマンのわからなさに賭けたんだろ？　僕はおっぱいのわからなさに賭けてる（去る）。
葉蔵　（独り言のように）師匠に女を押しつけられる。これこそ弟子の本懐なり！

旅館、消えていく。

ホキ　（どこかに現われて）こうして、葉蔵はんと房枝はんは、先生の家の裏手の土蔵を改造した変な形の下宿に住むようになりはったんですよねえ。
房枝　わたしはその頃、毎日そこにいるって訳にはいかない事情もあったんですけど。葉蔵さんとの暮らしは、いい隠れ蓑にはなったわ。（去りぎわに）おはよう、数さん。

憂鬱な顔で、庭を掃除する数が一瞬現われる。

数　ああ、………おはようございます。
房枝　何かじってるんですか？
数　めざし。

房枝　うわ……。

ホキ　数さんとしては、房枝さんに入られるのは、そら、複雑な感じになりますわな。……その後すぐでしたわ、えらいかわいそうな事態がツダマン先生を襲うんです。

汽車の汽笛。

12

プラットホームが現われている。
洋行支度の大名と、見送りの弟子たち。

女　では、小さな声でお願いします！
一行　（密やかな感じで）大名狂児先生の支那でのご活躍を祈って、ばんざーい！　ばんざーい！
大名　諸君、ありがとう！　ありがとう！　ペンしか持たぬ作家が、そのペンを持ってして、いかにこの戦いの一部となるか、皇国のため、その成果、必ずあげてまいります！

駆け込んでくる万治と葉蔵と強張とホキ。

万治　大名！　大名！
大名　おお、ツダマン。首吊り青年も無事弟子になれたそうで、よかったな！
万治　明後日は、月田川賞の選評会だぞ。
大名　わかってる。

万治　どこへ行く？
大名　上海。
万治・葉蔵・強張・ホキ　上海！
大名　ああ、福岡から、ダグラス機に乗ってね。

万治、大名にビンタ。

大名　痛いなあ。なんだろう。ふふ。こたびの従軍ペン部隊補充隊は、内閣情報部からの機密要請だ。支那人は首都南京を奪われてますます凶暴になっておる。だから、第一陣の菊地寛筆頭の物見遊山の作家連中では、宣伝力が追っつかないんだとさ。機密といえ、従軍作家に選ばれるのは一流作家の証。いかない理由がない。
万治　明後日は、月田川賞の選評会だぞ。
大名　わかってる。
万治　なのに、どこへ行こうと言うんだよ。
大名　上海。
万治・葉蔵・強張・ホキ　上海！
万治　何に乗って？
大名　だから汽車に乗ろうとしてる。
葉蔵　汽車は福岡までです。そこから上海に飛ぶのは？
大名　ダグラス機だ。

葉蔵、大名にビンタ。

大名　そうか。ダグラス機ってのに、なにかがあんだな……。
万治　約束が違うだろう、大名。
葉蔵　まったくです！　先生が選考会を欠席なさると確実に先生が落選します！
万治　確実に、は余計だけど！
大名　今、日本でなにが書ける？　エロも残酷描写もだめ。俺は興味もないが、反戦、プロレタリアートはご法度（はっと）。読者の血をたぎらせるような作家であることを文士の矜持（きょうじ）とするならば、生の戦争を見るしかあるまい！　それに上海に行けば、………世界各国の売春婦が抱けるらしい。いかない理由がないだろう。

汽笛。

車掌　もうすぐ発車しますよ！
大名　（汽車に乗り込んで）またな。
万治　数さん！
大名　え？

数、ホームに現われる。

数　先生。これを（なにかをつまんで手渡す）。
大名　……これは。
数　今朝、縫ってきました。地雷除けのお守りです。前の主人もそうでしたから。地雷には
　どうか、気をつけて！

大名感極まって、数の手を取るが、ゆっくり引き剝がし拭う数。

万治　死ぬなよ。大名。支那の後ろにはアメリカもソ連もいるぞ。
大名　わかってるよ。
数　先生、上海には。
大名　ああ？
数　上海には、なんに乗っていらっしゃるんですか？
大名　……それは……言わなきゃだめか？
数　あたりまえじゃないですか。
大名　……ダグラス機だ。

数、大名に思い切りビンタする。

全員　ばんざーい！　ばんざーい！

大名　なにが、ばんざいか！　ダグラス機になにがあるのか！
ホキ　先生！
大名　なんだよ！
ホキ　（泣く）うちまだ、叩いてへん！
大名　知るかよ！
車掌　出発進行！

煙とともに発車する汽車。
音楽。

大名　（汽車の窓から）ツダマン！　俺が上海に行くもう一つの理由を教えてやるよ！　俺が選考会をおりたらおまえがどんな気持ちになるか、考えるだに、ぞくぞくしてたまんねえからだよ！
万治　（怒鳴る）おまえ………バカなのかああ！

幽霊とホキを残して皆、去る。
『夜のプラットホーム』に連なる音楽。

房枝　大名先生は、わたしたちには到底理解しがたい理由で、上海を目指して旅立った。
強張　そしてそのまま行方不明になってしまうんですよねえ。

房枝　当然、ツダマン先生は月田川賞に落選。しかたねえな、って言ってたけど、内心はそうとう傷ついてたと思う。だって、一緒に家にいりゃあそりゃ、二人っきりになることもあるし、そうなったら、馴染みだし、たまに、するじゃないですか。

強張　え？　たまにする？

ホキ　そしたら以前より、力いっぱいぎゅーって、触るんですもの。

房枝　ほんまですよ。痛い、ゆうてんのに。

ホキ　……え？　ホキさん？

強張　まあまあまあ。ちなみにツダマン先生落選の報を受けたときのぼっちゃんは、こんな感じでした。

別の場所に葉蔵出てくる。

葉蔵　(しばらく複雑な表情をして)………やったああ！　選評会の先生方が正常だって証じゃないか！　だって、先生の小説、つまんないもの！　やはり推薦評なんて、あてにしてちゃだめだね。月田川賞は僕が先にとる！　弟子に超えられることこそ、師の本懐って言いますからね！　いっそう御しやすくなりましたよ、ツダマン先生！

房枝　……聞きたくなかった。

ホキ　それから一年ぐらいはなんもなかったんですけど、日本の大本営は内側でなんやぐつぐつ煮えとったみたいで、……これ、いけんちゃうか？　ちゅうことで、ニイタカヤマノボレたらなんちゃらいうて、とうとう真珠湾を攻撃して、アメリカとイギリスに宣戦布告し

大名　よったんです。

ホキ　（いつの間にかいて）正直、支那じゃ日本軍はやりたい放題にしすぎて、アメリカに経済制裁をうけまくってたからな、引くに引けない部分もあったわけよ。

大名　先生、任務ほったらかして中国でなにしてはったんです？

ホキ　まあ、いろいろ入り浸ってたってことよ。

房枝　うーん、まあ、ええわ。戦争が大きなってしもたから、ツダマン先生、四〇も近いのに、よっぽど兵隊はん足らんかったんでしょうな、晴れて帝国陸軍に徴兵されはったんです。

強張　悲しかったのか、喜んでたのか。
　　読み取れなかったですねえ、あの表情からは。

軍服姿で現われ、万治、敬礼。数出てきて日の丸の旗を振る。
全員別れのパフォーマンスをしながら歌う『夜のプラットホーム』。

S4　『夜のプラットホーム』

星はまたたく　夜ふかく
なりわたる　なりわたる
プラットホームの　別れのベルよ
さよなら　さよなら　君いつ帰る
ひとはちりはて　ただひとり

いつまでもいつまでも
柱に寄りそいたたずむわたし
さよなら　さよなら　君いつ帰る

一人、取り残される数。

第二幕　終わり

第二幕

1

遠くに砲弾の音。暗闇のなかポツリと明かりがつき、大名がいる。

大名　（静かに）少なくとも、俺が（周りを見渡し）ダグラス機で、行った頃の上海の租界は上等だった。行く先々に酒があり、軍の慰安所があった。俺は、現地視察もそこそこに、上海中の慰安所に入り浸った。日本人、支那人、朝鮮人、フランス人、スペイン人、あらゆる女に入り浸るうち、戦争も文学も、どうでもよくなった。むしろ、どうでもいい、のその先が見たくなってね、そのうち、酒、アヘン、女、三拍子そろった、底なし沼みてえな売春宿にたどりついた。その名は「テンゴクシャミセン」。そして、俺はどんどん、深みにはまっていった。……そういう人間はね、行方不明になるしかないんだよ！

突撃ラッパを吹く大名。走り去る。

明るくなると、着飾ったチャイナ服の女達、歌い舞う。これは、支那での日本兵のための移動慰問団の光景のようである。

S5　『あなたはん』

あなたはん　あなたはん
海の彼方の、あなたはん
忘れられぬは　軍服の
硬い手ざわり　無精髭
ああ、富士の絵葉書
いつ届く
ビーチーメーグェイファウォゴン（薔薇よりあなたが好き）
ビーチーメーグェイファウォゴン
あなたはん　あなたはん
海の彼方の、あなたはん
忘れられぬは　銃剣の
尖った部分と　甘い声
ああ、無事の便りは
いつ届く

全員、機関銃をぶっぱなして……。

全員　ツァイチェン！

2

チャイナ服の女達、去ると、葉蔵の部屋。土蔵の一室。
座卓でペンを取っている強張。
同時に背嚢(はいのう)を背負って北支(ほくし)の山を行軍する軍服姿の万治と髭(ひげ)をそった有坂。他にも行軍する兵隊たち。

葉蔵　前略、ツダマン先生。向島の土蔵で虜囚のごとき日々に甘んじる僕が、今日も先生のいるはるか支那唐山(タンシャン)の空と、同じ空を見上げていると思うと不思議でなりません。お元気ですか。お元気でしょうね。

万治　………（手紙を読みながら）元気じゃねえよ。はあはあ。

遠くで銃弾の音が幽(かす)かに。

有坂　ツダマン先生、……我々三〇超えて招集された身に背嚢背負って行軍演習はこたえます。よく、手紙なんか読みながら歩けますな。

万治　しかたないです。休憩時間だけで読み切れる量じゃないんだ。

有坂　打ち上げにいた首縊り（くびくく）の青年ですか。
万治　ああ。返事を書かなきゃ死ぬってんです。
有坂　我々が戦争をしに来てるってわかってるんですかねえ。
万治　しかし、有坂氏、まさか八丁堀小劇場の演出家と同じ部隊とはね。あんた髭そると威厳まったくなかったんだな。
有坂　はい。性格的になめられやすいので、演出家として虚勢を張っておりました。
万治　いかん、もうダメだ（へたり込む）。
有坂　あ、いけません。また殴られます！

軍曹が走ってくる。敬礼する有坂。

軍曹　津田二等兵！　たかだか二〇キロの行軍演習でへたばるとは、それでも帝国陸軍の軍人か！　立たせろよ！　有坂二等兵！

有坂、万治を立たせる。が、有坂も倒れてしまう。

有坂　ああん。
軍曹　なにが、ああんか！（立たせる）貴様らぁ作家だか演出家だか知らんが、……アカの芝居をやっておったそうだな？
万治　アカ？　スギタ軍曹殿、今、なんと。

軍曹　我が班の初年兵は、思想犯予備軍の寄せ集めよ。おれぁ、インテリってやつが大嫌いなんだ。おまえらの学歴、身体から叩き出してやるわ！　歯ぁ食いしばれ！

葉蔵　イギリスとの戦闘が始まった南方に比べ、占領下の支那は非常に穏やかな状況だと聞き、目を閉じて想像しています。

軍曹　ぜええい！　ぜええい！

万治と有坂を交互にぶん殴る軍曹。

葉蔵　（うっとりと）うん、想像するだに牧歌的だ。先生の赴任した唐山は、かの万里の長城をのぞむ、風光明媚な地であるとか。赤とんぼが群れをなし、夕日に染まった長城に、点々と影を映しては消えていく。……実にロマンチックだ。

軍曹　（殴られて）はああん！　目ぇくり抜くぞぉおらぁ。

万治　想像するだに、ロマンチックだ。

葉蔵　ブタ野郎どもが！　立てぇ、立たんか！　（二人がもつれあっているので）なにやってんだ、どうなってるんだ。気持ちわりいなあ！

軍曹　先生は戦争中に千も万も小説のネタをしこめるでしょう。復員すれば一気に流行作家！　羨（うらや）ましさで脳みそがとろけそうです！

葉蔵

万治・有坂　（ぶたれて）はああん！

軍曹　うるさいわ！　ここいらは共産党軍のゲリラが潜伏しておる。狙い撃ちの的だぞ！　おお!?

万治　軍曹殿のほうがうるさ、
軍曹　ああ!?
万治　なんでもありません。
強張　（座卓でペンを取っていて）……脳みそとろけそうです、と。はい、どうぞ。
葉蔵　僕はいい歳をしてまだ学生だ。日本が世界を相手に戦争をしているというこの前代未聞のご時勢に、軍人の体験ができないなんて作家として痛恨であります！　かといって、卒業すると仕送りがストップしてしまう！　このもどかしさの挟み撃ち。

二人が、ぶっ倒れるまで殴る軍曹。

強張　あの、申し上げにくいのですが、ぼっちゃん。
葉蔵　なに?
強張　ぼっちゃんは、二回目の自殺未遂のとき、医者に神経衰弱の診断をされておりますから、万が一学徒出陣となっても招集はなしかと。はい。
葉蔵　（泣く）もどかしすぎる！
強張　わたしは、ほっとしておりますが。
軍曹　もういい。おまえらは演習の邪魔だ。実戦となるまで、傷病兵と一緒に農作業でもしてろ！　殺すぞ。

万治たち、敬礼してよろよろと去る。行軍の道、消える。

3

葉蔵　先生。僕は恨みます。なぜなら、僕を房枝さんとくっつけて、土蔵に閉じ込めたまま旅立っていかれたからです。もう、セックス以外にすることない。
強張　（咳払い）ぼっちゃん。
葉蔵　なのに、月に一〇日はどこかにいっちゃうし、仕送りの半分を内縁の妻の権利として要求されるんです！　小説を送ってもどの出版社からもなしのつぶて。しかたないからこうして毎日先生に手紙を書いている次第です。先生はいいですよ、毎日毎日、仲間と鉄砲持って、ばーんばーん、わーいわーいって、支那人相手に遊んでるんでしょう？　僕は不幸です！　さっそくのお返事お待ちしています。今回も、必ず。でなきゃ葉蔵、死にます。かしこ。
強張　……ぼっちゃん、これは、さすがに。

ホキ、現われる。

ホキ　葉蔵はん。瞬蝶（しゅんちょう）社から原稿採用の電報ですわ。

葉蔵　え？　え？　今、なんだ、つつったださ？　いや、なんだっつつ？　いや。

ホキ　（ピラピラと紙を見せて）『月刊瞬蝶』に小説！　採用ですって。

葉蔵　（強張の耳元で）わあああああ！

強張　鼓膜が！

ホキ　師匠から弟子が女を譲り受ける話。あんなんよう書きますなあ。絶対奥さんに読ませんといてくださいよ。ま、アホですから気づかんとは思いますけど。

葉蔵　やった！　やった！　やったあ！　ついにデビューが決まったよ！　強張、手紙ね、恨みますのあたりから削除して、ね、小説採用された話入れこんであと……適当にまとめて！

強張　削除、はい。よかったです、ちょっと最後のほうどうかと思う内容でしたので。

葉蔵　最後の「でなきゃ葉蔵、死にます」は、活かしだからね!?

強張　（肩を落とし）そこが一番どうかと思う部分だったんですが。

葉蔵　そういえば、房枝さんどこだ？　（タンスの引き出しを出し入れして）房枝さん！

ホキ　いまへんで、そこには特に。また、ようわからん隠れ左翼のみなさんとああだこうだしてはるんちゃいますの？

強張　あの人は、ちょっと危険すぎます。劇的であることに酔いすぎている。

葉蔵　探してくる！　どうせ仲間に僕の愚痴をこぼしてるに違いないんだ！　させんぞ、職業作家となれば絶対僕のほうが格上なんだから！　強張、今夜は宴としよう！

葉蔵、駆け出す。

ホキ　（強張に）採用された小説？　うち、ここにホってあったから読みましたけど、あんなんでええんですね？　あったこと、ただ書いて。
強張　今だけですよ。
ホキ　？
強張　第一線の作家が徴用や招集でいなくなってるもんだから、雑誌に穴が空く。だから学生作家にお鉢がまわってくるわけです。
ホキ　ラッキーチャンスってやつやないですか。
強張　今のうちなんです。アメリカみたいなべらぼうな国と戦争を始めたんじゃ、すぐに日本はカラッケツになる。小説なんて不要不急のしろものは真っ先に切り捨てられるでしょう。
ホキ　さよかー。
強張　へ？
ホキ　そのときを待っています。
強張　おせんべいは、非常食です。わが社の鉄のように固めたおせんべいは日持ちがいい！日本人の最後の命綱となりえる。それにぼっちゃんが気づいて、戻ってほしい！　ツダマンの世界から、おせんべいの世界に！
ホキ　かいらしぃなあ。
強張　う？
ホキ　せんべいに、お、を、つけはるところが、かいらしい。
強張　……いや、そんな。

ホキ　（身を寄せて色っぽく）あら、へえ、字ィ……うまいんですね。
強張　ああ、ぼっちゃんが悪筆やさかい、わたしが代わりに、……まんねん。
ホキ　強張さん、字ィが上手な人の顔してはるから。
強張　顔？
ホキ　顔がもう、ペン先ですもん。
強張　はは、どんな顔やねんっ、……って。
ホキ　インクつけたろか？　（顎に）ここに。
強張　もういいでしょ、そのくだり。
ホキ　……実は、うちもずっと先生の小説の清書頼まれてたんです。先生、致命的に字ィ汚いんで。
強張　……あ（得心して）なるほど。
ホキ　？
強張　それで、カフェーから津田家に引き抜かれたわけですね。
ホキ　（笑う）それだけやと思いますぅーん？　（強張の指に指を絡ませる）
強張　え？　え？
ホキ　なあ、（布団広げて）
強張　え!?
ホキ　仕えることにしかおのれがない者同士、うまくやりまひょいな。

ホキ、潤んだ目で、強張に口づけ。

強張　……（ホキをひきはなし）わたしっ、妻を亡くしてからはその、

ホキ　必要ですか、これ？

房枝　（考えて）おなしやす！

《検閲》の衝立を房枝持って出る。

房枝、衝立で二人を隠す。

強張の声　あ、あ、あ。……字ィ書いたろか、ここにも字ィ書いたろか！　おお？

ホキの声　ああん！　これでもう、数さんに告げ口できませんなあ！

房枝　みんななんだかんだ楽しくやっていたのね。わたしはその頃はもう、それどころじゃない事情があった。でもこの話をするのは、もう少し後になりそう（去る）。

道。買い物帰りの数。去っていく葉蔵の部屋。

通りかかる葉蔵。

葉蔵　ああ！　数さん！　わ、ネギ買ってる、わ、ネギ！

数　そりゃ、ネギくらい買いますけど、おでかけ？

葉蔵　僕、あの、小説で、デビューするんです。『月刊瞬蝶』で。
数　よかったじゃないですか！　読んでみたいわ。
葉蔵　ぜひ……（思い出し）いやっ！
数　いや？
葉蔵　いや、いずれ。はは。
数　……よくわかんないけど。今夜はお祝いしなくちゃいけませんね。
葉蔵　牛鍋がいいな！
数　……ぎゅうなべ、ですか。
葉蔵　野菜とかいらないんで。牛、中心で。ま、最悪、牛、オンリーでもかまいませんし。
数　なんとか都合します。なんか、むかつきますけど。
葉蔵　あと、ウイスキーがあれば。
数　ウイスキーは……わたしが大名先生から死守してきたものが、ありますけど、でもそれは。
葉蔵　さすが酒屋の未亡人！

葉蔵、数の手を握る。
間。

数　……なんだろう（笑）。
葉蔵　なにか？
数　やじゃない握手ってのも、あるんですね。

葉蔵　……おもしろいこと言いますね。
数　あの……。
葉蔵　なんすか！
数　うちの人から、来てるんですよね、葉蔵さんのとこには、返事。
葉蔵　ええ、まあ。
数　わたしにはハガキが一枚来たっきり。
葉蔵　返事くれなきゃ死ぬって書きました？
数　まさか。
葉蔵　書かなきゃ！　ツダマンは戦場にいるんですよ！　手紙のやり取りだってあっちの暮らしじゃ戦争の一部ですからね！　作家にとって銃弾です、手紙は！
わたし作家じゃないから。
数　そうすよねっ！
葉蔵　……えと、聞きづらいんですけど。
数　はい。
葉蔵　わたし、のことは、お返事に書いてあったりします？　少しでも。
数　………それはその（言葉に窮し）書いてなくはないんですが。
葉蔵　なんですの？
数　ちょ、手、離してくださいよ！　世間ってものがあるでしょ？　色気違いですか？
葉蔵　え？　あたし!?
数　僕、房枝さんを探してきます！

数　あたし!?

葉蔵、去る。
ダウナーな音楽。

数　……（じっと手を見て）ナニカアル。♪ツダマンの手紙にゃ、ナニカアル。

数、去る。
遠くに爆撃音。

4

音、続いて。

だいこん畑が現われる。

農具を持って、万治と有坂が作業し、少し離れたところで怪我をした渡辺二等兵も鍬(くわ)を振るっている。

彼も眼鏡だ。

万治　不思議なんです。
有坂　なにがです？
万治　性根が左翼のあなたはともかく。
有坂　しっ。もう、転向しました！
万治　なぜ、軍曹は僕までアカだと。
有坂　先生の『女の決闘』のことですよ。
万治　僕が書いた戯曲？
有坂　先生が麻布の歩兵隊で訓練中の頃、試演会という形でもってあれを、八丁堀小劇場で上演したんです。

万治　それは房枝くんに聞いて知ってるが。
有坂　ところが、運悪く特高にかぎつけられて、わたしもあわや逮捕されかけたんですけど。
万治　ん？　ん？
有坂　幸か不幸か、召集令状が来て難をのがれたんですよ。
万治　『女の決闘』に特高が？　思想的な話なぞ書いたつもりはないが。
有坂　いや、あれは女の喧嘩に見せかけた労働者と資本家の闘争の話でしょう。
万治　それはないよ！　僕の生粋のノンポリをなめてもらっちゃ困る！　……まさかてめえ、書き直したのか!?
有坂　わたしは神林くんからいただいたものを演出しただけです！　めちゃくちゃ怖いな。
万治　ううううん。
有坂　とにかくあの作品の摘発が因縁になって、この北支方面軍で最も頭がいかれた軍曹のいる中隊に我々は飛ばされた。僕はそう思ってます。
万治　じゃ、僕は完全なトバッチリじゃないか！　スギタ軍曹の目つきを見たか？　キチガイだ。あいつは南京攻略で一〇人の捕虜の首を刎ねたなんて自慢する男だぜ！
渡辺　我が宣伝班班長の吾妻少尉は南京で三〇人刎ねたらしい。それで昇進した。
有坂　ええ？
渡辺　人を殺せば出世する。戦争っていうシステム自体が人をキチガイにするようにできてる。でも、僕はそれでいいと思ってる。
万治　なぜ？
渡辺　相手もキチガイだからだ。見ろ、支那人のゲリラに刀で切られたあとだ。顔見たらガキだった。殺す気でくる。だから醜い。でも、日本人だって本土を攻められりゃ、同じことをするだろ。実に醜い、人間がキチガイになるってことは。しかしそこに戦争の真実がある。

万治　美しいキチガイだっている。

渡辺　美しいキチガイ？

万治　僕の知ってるキチガイは実に美しかった。……彼女は、小さい僕をものさしでずっと殴ってきたが、おかげで僕は作家になれた。

渡辺　おもしろいね！　そんな経験した作家は絶対おもしろい。君の小説読んでみたいな。

万治　……そんなの、初めて言われたよ。

渡辺　握手だ。

万治、おずおずと渡辺と手をつなぐ。音楽。

渡辺　………読みたいな。小説。

万治　さっきから、君と、鍬を下ろすタイミングが、なんか合うよね、って思ってて。

渡辺　……バカだな。……合わせてたんだよ。

《検閲》を持って「どっちかな？」という顔で強張、登場。

有坂　え!?　検閲案件？　これ。

軍曹、現われる。万治、有坂、渡辺、敬礼。強張、去る。

軍曹　きさまら！　いちゃいちゃするのが農作業か？（渡辺に）きさま、どこの兵隊だ。
渡辺　宣伝班、渡辺二等兵であります！
軍曹　内地ではなにをしてた？
渡辺　……文芸……評論家であります！
万治　……評論家。
軍曹　ふん、じゃあ、作家だ演出家だ言ってるこいつらと五十歩百歩のインテリピエロじゃねえか。行軍させればすぐへたばり、畑仕事をさせりゃあ無駄話。おまえらの愚鈍ぶりを見てると鉄砲持ったチャイナがかわいく見えらぁ!!

殴っていると、蒟蒻芋（こんにゃくいも）を満載した荷車を引いた中国人の百姓女が通りかかる。

百姓女　聞イテ！　ワタシ！　味ノ素、大好キダ！
軍曹　どういう会話の割って入り方だ、百姓！
百姓女　スミマセン。イイ天気デス。スギタ軍曹イルカ？
軍曹　ああん？　俺になんのようだ。

突然、荷車の蒟蒻芋のなかから共産党ゲリラが飛び出し、軍曹と渡辺を銃で撃つ。震えている百姓女。

万治・有坂　わあああ！

ゲリラ　（中国語で）南京同胞的仇恨（ナンジンドンバオダチョウヘン）！　你们太恶了（ニイメンタイオーラ）！［南京の同胞の仇だ！　おまえらはひどいことをした！］

有坂　な、南京の仇（かたき）、多分そう言ってます！

万治　（手を挙げて）ウィ・アー・ノット・ゴーン・トゥー・ナンキン！

有坂　サイキン！　来たのサイキン！

万治　行ってないナンキン！

二人　ナンキン！　（手を挙げて）ウィ・アー・ジャスト・コーミュニスト！　ウィ・アー・グッド・フレンド！

ゲリラ　（中国語で）不懂英语（ブドンインユ）！［英語わからない！］（銃を向ける）

突然、パンと音がしてゲリラ、荷車から落ちる。

ピストルを構えた、口ひげ凜々しく、見るからに危険な風体の吾妻少尉が現われ、百姓女にもそれを向ける。

百姓女　ワタシ、違ウネ！

吾妻　命乞いしてみろ、おまえもどうせ共産党ゲリラだろ。

百姓女　ノーノー！　ワタシ百姓。兵隊サン、ワタシ、コノ車、ココマデ引ケ、言ワレタダケ。味ノ素、大スキダ！

吾妻　アジノモト。（笑う）俺も好きー。アレ意外と羊羹（ようかん）とかまんじゅうにも合うのよ。

百姓女　エヘヘ。

吾妻　ちょっと靴下を見せてみろ、チャイナ。……（中国語で）看看袜子（カンカンワーズ）［靴下を見せろ］。

百姓女　……。

吾妻　（中国語で怒鳴る）巻起裤子（ジュエンチクウズ），看看袜子（カンカンワーズ）［ズボンをめくって靴下を見せろ！］

百姓女、しかたなく白い靴下を見せる。

吾妻、女を撃つ。倒れる女。

吾妻　……百姓がそんなにきれいな靴下を履いてるかっ。こいつもゲリラだ。笑うよねえ。笑わない？　笑うよねえ。

万治・有坂　……ははは。

吾妻　俺は軍参謀作戦課、宣伝班の吾妻少尉だ。（軍曹を見て）おまえんとこの下士官は即死だな。……うちの渡辺二等兵、まだ生きてるか？　そいつは腰抜けだが、英語ができるから重宝してる。

万治　（触って）致命傷ですが、息はあります！　しっかりしろ渡辺二等兵！　おまえ、下の名前は？

渡辺　満貫。……渡辺満貫。

三味線、ぺぺぺぺん。

万治　渡辺満貫。評論家の?
渡辺　……ああ。
万治　(複雑な気持ちで) 満貫。おまえには水道の滴(したた)りの音はどう聞こえる?
渡辺　……し、したたり?
万治　ピッチョンか、ポッチョンか。
渡辺　あんた、もしかして……太鼓持ち作家か?
吾妻　なにをやってる?

百姓女、突然刃物を持って吾妻に背後から襲いかかる。

百姓女　(中国語で) 我爸爸的仇敌(ウォバーバダチョウディ)［死んだ父の仇だ!］
吾妻　(腕を摑み) なんだ、このアジノモト女! (刺されまいともがく)
万治　危ない、満貫!

万治、渡辺をつかんで引きずっていく。

吾妻　(刺されそうになりながら) くそ! (なぜか渡辺のほうに女を投げる)

女、刃物ごと渡辺の上に倒れる。偶然のような、万治がそうしたような。

渡辺　ぎゃあああ！
万治　満貫！（立たせて別の場所に移動させる）はい！
吾妻　（女を引き剝がし投げる）はい！
渡辺　（たまたまそこにいて刃物が刺さる）ぎゃあああ！
万治　二度も満貫！
吾妻　もうめんどくせえ！

吾妻、女ごと何発も渡辺を撃つ。

有坂　少尉殿！　渡辺を撃ってます！　むしろ、渡辺を中心に撃ってます！
吾妻　渡辺を……中心に、撃ってた！
有坂　そう言ってるんです！
吾妻　おお！　………おい、のっぽ。この女ゲリラ、支那の百姓にめっかるとやっかいだからどっかに埋めてこい。
有坂　………は！（敬礼して百姓女を運び去る）
吾妻　小さいの。貴様、俺が女を投げるほうに投げるほうに、渡辺を移動させたな。すげえ、その、しかたなく、みたいな感じで。
万治　偶然であります！
吾妻　（銃を構え）じゃ、俺が悪かったのかな？

万治　じ、自分は、渡辺を助けようとしていた！　気がしてなりません！

吾妻　……宣伝班に空きができちまった。俺は上海の女郎屋の倅でな、中国語ができるから
と班長になったが、学がまったくないから困る。おまえ文章書けるか。

万治　小説家です。

吾妻　英語は？

万治　英文科卒です。

吾妻　絵は？

万治　親父が、画家でしたので、手習いは！

吾妻　（ぶちきれそうに）貴様ぁ！

万治　はい！

吾妻　すつげ。完璧じゃない⁉　（銃をしまう）中隊長には話をつける。おまえ明日から俺の下で
伝単（でんたん）を書け。

万治　伝単？

吾妻　最高の伝単が書けたら、おまえを俺の故郷、上海一の遊郭（ゆうかく）に連れてってやる！

5

静かな琴による中華系音楽。薄暗くなる。万治、現われた座卓につく。
電灯が別の場所にゆっくり降りてくる。数、その下にいてハガキを読んでいる。

万治　（急に微笑んで）数さん、お元気ですか。僕は宣伝班で伝単書きになって、一年になります。伝単というのは、支那人たちの戦意を喪失させるために、飛行機から撒（ま）く宣伝謀略用のビラのことです。いかに支那が大日本帝国と戦うことが愚かしいことか、彼らに知らしめるのです。日本の文化に縁取られた一流の嫌味を書いて、民度の違いを見せつけるのです。

数　（ひきついで）歩兵隊でゲリラに怯えていた頃よりずいぶん楽にやっております。数さん、こちらは心配無用です。では、僕は、葉蔵くんの大量の手紙を読まねばならないので、これにて……。

万治、どっさりとした紙束を出し、読み始める。

数　（ハガキの行数を数えて）一、二、三、四、五……六。六行。……一年待って、六行ですか。手紙の行数を数えるなんて、ああ、卑しい。いっそ、長めのやつくれなきゃ、死ぬって書こうかな。……いや、無理よ、そんなの。わたし、（笑う）しょせんそこいらにいる女じゃない。

落ち込んで去る、数。

万治　……先生、お元気ですか。あいかわらず、タンシャンの夕日はきれいなのでしょうね。この頃は鉄砲を持たず、宣伝活動だとか。先生、いい気なものです。僕は、いまだに仕送りぐらし。「めぐまれているという不幸」よりたちの悪いものはありません。しかし、今回の手紙は愚痴ではありません。なにしろ、僕……先生に房枝さんを押し付けられた話を小説にしたのですが、それが（音楽止まり）……月田川賞の候補になったのです。

落雷、が、落ちたような戦慄が万治に走る。
ドラムのハイハットの音が、チーチキチーチキと鳴り始める。
葉蔵、別の場所に現われる。

葉蔵　そのうえ、今回の候補は戦時ゆえか、僕を含めて三人。三分の一の確率で当選なんであります！　めぐまれていることのやましさはさておいて、このべらぼうな当選率を逃す手はありません！　僕だけの戦いじゃない。先生の雪辱戦を僕は果たしたい！　月田川賞候補作家と、月田川作家じゃあ、格がぜんぜん違いますもんね！　助言をください。そうすれば、先生が前々から手紙で仰っている、奥さんに聞きたくてたまらない、こちらとしては、とても聞きにくいアレのことを、聞いてお知らせしましょう！　だって、僕が賞をとった暁に満面の笑みで喜んでくれる先生の顔がまざまざと浮かぶのです。浮かんで、嬉しくてしょうがないのです！

万治　……（手紙に顔を落としたまま）嬉しいよ。あたりまえじゃないか。我が弟子が月田川賞候補だぞ。嬉しいに決まっとるじゃないか！

顔をあげると般若のような顔つきの万治。

万治　（顔を手で触った）僕はきっと笑っているよね！　（叫ぶ）しかし、なんつなのかな⁉この複雑な気持ちは‼　（走り去る）返事を書くぞ、葉蔵くん！

強張　（葉蔵の近くに走ってきて）ぼっちゃん、先生からお返事です！

葉蔵　早い！（読んで）葉蔵くん、おめでとう。心の底から嬉しいよ。アドバイスなら、一言。ぜひ、とりたまえ！　……さすが先生、お優しい！

衝撃音。ガラガラガラと今まで開いたことのない壁が開きドラムセットが現われる。そこに座って、狂ったように叩きながら、叫ぶ万治。

万治　いいのか？　いいに決まってる。僕の初めての弟子が、月田川賞を受賞するのだ。戦地にいて、これほどめでたいことはない。しかし、もうひとつの感情が止められない。

だって、……僕がまだとってない！　しかもやつの小説は、僕が房枝くんを彼に差し出さねば書けなかった小説。なんとなれば僕の手柄じゃないか！　一番弟子の彼に、賞とってほしい。とってほしいが………（叫ぶ）死ぬほどとってほしくない！　とるなら俺が先だ！　月田川賞は小説家の芯だ！　芯なきまま文壇に居続けるのは彷徨う亡霊のようじゃないか！　俺には、芯がない！　天皇陛下のいない日本のようなものだ。こんなことを考えている自分がまた、恥ずかしい！　彼が賞をとって嫉妬に苦しみ、羨ましさに床を転げ回る自分を想像する。地獄のように醜い。しかし彼が選に落ちて、よし！　と拳を振り上げる自分も、また醜すぎる！　俺はなんだ。ツダマンは……ツダマンは、いったい、いま、どんな顔をしたらいいんだ！

音楽。万治、中央に出てきて、大きな筆を執り宙にでかい般若の絵を描く。
その横に文字。それを中国語で読み上げる吾妻。

吾妻　（中国語で）中国人！　我们吧！　你们赢了输了都一样，因为你们没有国王。日本有天皇，不怕输，总有天皇！　有天皇才有真的胜利。你们没有国王，赢了输了都一样！　国民党和共产党的内战永远完不了的「羨ましいか支那人たちよ。たとえ君らが勝っても、君らには王がいない。国体がない。天皇のいない国に芯はない。日本には、勝っても負けても天皇がいる。芯の通った国こそが本物の勝者である。君たちは勝っても負けても、こんな顔だろう！　国民党軍と共産党軍、支那の内戦は永遠に続く。それはひとえに芯がないからだ！」
（泣いている）素晴らしい！　これが文学の力か。津田一等兵、最高の伝単が書けたな！

上海に連れてってやるぞ、津田!
汽笛。音楽中華っぽく、のりかわり。

6

オツヤ　また来てくださいね。
客1　やっぱり女は日本人だな。
客2　支那人もいい声で泣くぜ。
オツヤ　（捨てゼリフに）ケチなくせに批評すんじゃないよ。
チャイナ服の女　ツァイチエン。

人混みが一瞬現われ、場は遊郭「テンゴクシャミセン」になる。
いかがわしいネオンサインの路地をくぐり抜け、入れ歯の調子がやたら悪いやり手ババアのオツヤが先導して、万治と吾妻登場、店に上がる。万治、元気がない。

オツヤ　ささ、こっちです、おあがんなすって。そこ、でっぱってるから気を　つけてね。嬉しいね。（奥に）旦那ぁ、桃だよ！　鶴市（つるいち）ぼっちゃんって言ったら、そら、三歳ンときから、桃と洗面器って決まってんだから。ささ、一等兵さん、作家さんなんでしょう？　うがががが（入れ歯直す）かぱっ、うがが。座ってますよ。座って座って。

万治　するってえと、少尉殿はこの女郎屋でお産まれになったんでありますか？
吾妻　おう、もともと母ちゃんが慰安婦でよう。なあ、オツヤ！
オツヤ　そりゃあ腕っこきの売春婦でね、あーしの大先輩！　作家さんは？　まずキセルでもやりますウ？
万治　キセル？
オツヤ　（奥に叫ぶ）旦那、キセル一本！　うがががが！
万治　……。
吾妻　俺の母ちゃん、商いに長けた女郎だったから、上海来て一〇年で金ためてな、この店を建てたんだ。
オツヤ　うがががっ！
万治　り、立派であります。怖いなこの人。
吾妻　母ちゃんが死んで、俺がここをついだんだがな、二度目の上海事変が起きちまって、中国語ができる兵隊が必要だってんで、現地招集されてなぁ。じゃ、店どうすべえ、ってときに、物好きな客がいてよ、ここ買いたいって言うから女郎ごと売っちまったってわけよ。

吾妻、現われた下働き風の男に桃を渡され、むしゃぶりつく。

男　桃でござんす。洗面器でござんす　むしゃぶりついてよろしくお願いしやす。
万治　テンゴクシャミセンって変わった名前ですね。
吾妻　母ちゃんが内地じゃ芸者だったんでね。

オツヤ　たいしたもんでしたからねえ、うが、うがみ、おかみさんの三味線の腕は。

吾妻、オツヤの胸で泣く。

オツヤ　出たよぉ、泣き虫ツルちゃん、ほいほい。

男、万治にキセルを手渡す。

万治　……元芸者、ですか（吸う）ん？
男　キセルでござんす。うんと吸ってよろしくお願いします。
吾妻　（オツヤに）。こいつは、いい謀略ビラを書く。だからいい女みつくろってくれな。
オツヤ　ここにゃ、いい女しかいませんよ、あたしを含めてね！
吾妻　（ブチ切れる）ふざけんなよ！　あたしを含めて？　……おい！（胸倉つかんで）なぁ、目ぇ、見てくれ。俺、笑ってるか？　……ふざけんな。二度と。あと、入れ歯、作り直せ。
オツヤ　……すいませんね、調子ンのっちゃって（震えながら去る）。
吾妻　……やっぱ桃には洗面器よ。（万治に）なんだ、元気がないじゃねえか、上海一の女郎屋だぞ。
万治　気になることがあって。
吾妻　ああ？
万治　今日、一番弟子の大事な賞の選考会なんです。（吸う、が気づいて）大名！
吾妻　おお？

よく見ると下働き風の男は大名だった。

万治　なにしてんだ、大名。日本出たっきり、連絡もとれずの行方不明で。

吾妻　なんだ知り合いか？

大名　久しぶりだなツダマン。おめえが吾妻少尉んとこの兵隊になったのは薄々知ってた。入れ歯ばばあから、売れない中年作家が、吾妻さんの部下になったたって聞いてたんでね（襟の星を見て）お、もう一等兵か。

吾妻　この人だよ、この店買ってくれたのは。もとはうちに入り浸ってた客だがね。

万治　ええ？　おまえが？

大名　ペン部隊なんかやってる場合じゃなくなったんだ。慰安所通いがおもしろくてね。待てよ、こんなに女郎屋が好きなら、いっそ女郎屋になっちまおうかと思ってさ、女郎屋になっちゃった。

万治　バカだな、あいかわらず。

大名　ま、でも、ここもそろそろ人に任せて、おれぁ満州に行こうと思ってる。

万治　満州？

大名　おまえ聞いてないのか？　東京はもう空襲が始まってるぞ。バカスカ爆弾が落ちてる。

万治　……。

不気味な音楽。

大名　アメ公の逆襲が始まったんだよ。南方の基地がとられた。そっから日本にB29が飛んでくんのさ。山ほど焼夷弾をのっけてね。ここらも安全じゃあなくなりそうだから、俺ぁ、ずっと北に登って、満州のな、ハルビンあたりの慰安所に入り浸ってくるよ。

吾妻　アメリカが……。

万治　そういうことだ。俺たちも北支でビラ撒いてるような余裕はなくなる。近々、南方の部隊と合流することになるだろう。南方行ったら……。ま、ま、その前に楽しんどけ！

万治　（身体がぐにゃりと）……じゃあ、じゃあ、今日の月田川賞選考会は？

大名　当然、延期だろう。というか、当分中止だろな。

万治　バンザイ！

大名・吾妻　え？

万治　あれ？　今のバンザイなんだ？　……か、かわいそうだろ。普通。長谷川くんがかわいそうだ！　せっかく候補になったのに。

歪んだ爆音のなか、首吊りのロープが別の場所に降りてくる。

万治　そうだ、書かなきゃ！　……あれ？　足が……あれ？

万治、行こうとするが身体がぐにゃぐにゃして動きづらい。

吾妻　焦るな、命令だ！　俺の産まれた店で、遊んでいけ（布団に押し倒す）。そうすりゃ俺と兄弟だ！　大名さん、店一番の女を頼むぜ！

大名　ああ、ぞくぞくするような女を用意してる！　お滅！

美しい女郎お滅、すすす、と現われる。

大名　お国のために死ぬかもしれん男だ。優しくしてやれ。

お滅　よかよ（幽霊のように部屋に上がる）。

吾妻　じゃあ、俺らはこの部屋はおいとまするか。

吾妻、大名、去る。部屋に夕日が入ってくる。

万治　（笑いがこみ上げて）だめだ……くくく。

お滅　（タバコをくわえ）兵隊さん、東京の人ね？（マッチで火をつける）

万治　ああ、くっくっく。

お滅　（煙を吐いて、うつろな感じで）うちもいつか年季が明けたら行ってみたかよ、東京。そんとき、東京がまだあって、うちが、病気とかしとらんかったら。東京にはエノケンが、普通に歩いとるっちゃろ？　すごいねえ。

万治　君は、美しいねえ。

お滅　ありがとう。したら、支度してくるけ。（耳元に口をつけて）たくさん、うちを、突いて

万治　突きあげて、鳴かせて、楽しんでくださいね。……悔いのなかごとね（衝立の向こうに）。くっくっくっく、だめだ、なぜ笑う？　だって弟子の選考会がおじゃんになったんだよ。なのに、このキセルは変だよ。……なんて最高な気分なんだ。

吾妻と大名、別の場所にお銚子を持って現われる。

大名　ツダマンの野郎、腰抜かすぜ。
吾妻　どうしてだい？
大名　お滅って女、普段はぜんぜんそんなことないんだけど。

お滅、衝立の向こうから現われる。どんよりした音楽。

万治　あ（腰を抜かす）。

それは、数と瓜二つだ。幻覚か？

大名　ちょっとした表情が、やつの嫁さんにそっくりなんだ。
吾妻　そりゃあ……ぞくぞくするな。
大名　だから、抱いたよ。俺ぁ、裏を返し表を返し、やつの嫁を思い出しながらお滅を抱いた。
吾妻　……あんた、やっぱり変態だったんだな。ははは！

大名　変態？（真っ赤になる）……いや、……そんなんじゃ、いやいやあ、やめてよ！　信じきれない。
吾妻　あ、そこはそんなに恥ずかしい感じなんだ。思ってたより難しい男なんだな。

大名、二人の部屋をのぞき始める。

吾妻　え？　のぞくの⁉
大名　え？　のぞいていかないの？
吾妻　ど変態じゃねえか！
大名　（顔を真赤にして）え？　だから、そういう……やめてよ、信じきれない！
吾妻　……なんか怖いわ（去る）。
万治　はは……ははは。
お滅　（数のまま）どげんして遊ぼうかね。東京の兵隊さん。
万治　止めてくれ……まず、この笑いを止めておくれ。
お滅　よかろうもん？　笑えるっちゃなら。
万治　お滅さん。もの……ものさしはあるかね。
お滅　（笑）おかしか！　ものさし？　それが………（ものさしを背中から抜いてどす黒い感じで）
あるとよ。……お滅のヤイバです。キリッ。
万治　何言ってるのかわからんが、キリッとする感じが、すごくおもしろい。

お滅、万治をぶつ。

万治　いたい！　ははは。まだ笑える。だめだ！　僕に「小説を書け」と言って！

お滅、さんざんぶつ。

お滅　万治！　万治！　書きなさい！　書くのです！

万治　……書けそうだ、書けそうな気がしてきた！

大名　と、これが、支那にいるときのツダマンの話。吾妻少尉に聞いた話と、俺の想像もだいぶ混じえてる。まあ、みんな阿片（アヘン）吸ってたからな。正確な話はなにひとつできねえ。

ホキ　（その前に現われる）さよか。それからしばらくして、津田家のほうではどえらいことが起きてましたわ。

房枝　（その前に現われて）忘れられないわね。あの夜のことは。

強張　（さらにその前に現われて）ほんとうに。

大名　おまえら立ち位置考えろよ。何年やってんだよ！

空襲、警報が鳴る。いったんばらける四人。

夜。飛行機が飛び交う爆音。

女郎部屋と大名が去っていく。

7

町を荷物抱えた人たちがあてどなくうろついている。
房枝、始め一人で咳き込んでいる。

ホキ　ああ、房枝さん、会えたぁ！
房枝　（手を取り合って）ホキさん！
ホキ　浅草にお使い行ったら火の海でとんぼ返りですわ！　って、房枝さん、えらい顔色悪いけど、大丈夫ですか？
房枝　ええ……まあ。
強張　（大八車を引いて出てきたてぃで）お二人、よかった。この辺はまだ焼けてませんな！
房枝　でも、あわてて家を飛び出たものの（咳き込む）、どこに逃げたらいいやら。
ホキ　……？

爆音。近くではない。

強張　それで強張、馳せ参じたんです。鍋島製菓東京支社の貯蔵庫は地下二階、非常に頑丈です。はい、おせんべい。

房枝　（もらって）おおきに。でかっ。

強張　みなさん、そこに避難しましょう！　ぼっちゃんは？

ホキ　もうずっと家で何も食べずに泣いてるわ。強張さん、一緒に逃げようって、説得してくださいな。

房枝　奥さんは？

強張　台所でおにぎり作ってる。みんな、お腹すいたらあれだからって。

ホキ　なにを悠長な！　こっちには、おせんべいが腐るほどある上に、おせんべいは腐らないんですよ！　おせんべいなめてんな、あの女。連れてきましょう！　（房枝の走る姿を見て）走り方、やっぱあほ！

爆撃音、続いて。三人、走り去る。

葉蔵の部屋。首吊りの縄のところに台を持ってきて、葉蔵首をつろうとする。

葉蔵　あの小説は渾身だった。我が人生をかけた！　なのに、空襲で選考会は中止!?　そんなのあるかい！　爆弾をよけながらでも選べよ！　ああ、もう、オシマイだ！

強張、房枝、ホキ、どたどたと現われる。

ホキ　あほう！（煎餅で葉蔵の頭を叩き割る）
葉蔵　いたぁ！　ひどい！

葉蔵、倒れる。ロープ、自然に上がっていく。

強張　（割れたせんべいを拾い）おせんべいを暴力に使わないで！
房枝　あなた、なんてことを！
葉蔵　（しゃがみ込んで）あの小説がおじゃんなら、もう、僕にはネタがない！　そのうえ学徒動員のせいで、繰り上げ卒業が決まっちまった！　こんなにがんばって何年も留年してたのに。
房枝　え？　じゃあ、し、仕送りは？
葉蔵　卒業となれば、ストップだろうね。（目を向いて）残念でしたねえ！
房枝　そんな言い方。
強張　佐賀に帰りましょう。会社もあるし。房枝さん連れて。
房枝　え!?
葉蔵　……それもありか。他に打つ手なしだものなあ。
房枝　……（幻滅して）逃げるのね。私は、いや！（咳き込む）
強張　ここにいて、なにを得るのです!?　房枝さん、あなたはなにを得れば満足するのですか!?
房枝　……それは。

ホキ　そや。房枝さん、今できるのは、せんべい屋の地下に持ってかなならんもん、ぱぱぱっと、みつくろうことや！　ほいで、（房枝の肩を抱いて）長い、果てしない日々を、生きていかなきゃあかんのんや！

房枝　そうね。その通りよ。チェホフの『三人姉妹』みたいなこと言うのね、あなた。

爆音。

強張　近いとこに落ちたな。

ホキ　いそぎまひょっ。

葉蔵　………。

ホキ　なんですの？

葉蔵　腹が減ってしもてもうてしもて。

ホキ　は？

葉蔵　……歩ける気せえねんへん。

ホキ　しゃあないな！　強張さん、奥さんがダイドコで握り飯作ってはるから連れてってあげなはれ。

強張　どな！　そないします、どな！

ホキ　あんたら。関西弁おちょくっとんのか。

強張、葉蔵を連れて行く。

ホキ　（片づけながら）房枝さん、なにしてはるの？
房枝　（咳き込みながら）布団（を引っ張り出そうと）。
ホキ　敷いてる場所やらおまへんできっと！
房枝　じゃあ、どうやって寝るというの？
ホキ　そら、膝抱えて肩寄せ合って寝まんのや。
房枝　それは……わたし、良くない気がして。
ホキ　わちゃわちゃ言うてる場合ちゃう。（肩を抱いて）長い、果てしない日々を、生きていかなきゃあかんねんから。
房枝　『三人姉妹』で、たしなめるのやめてくれる！
ホキ　（少し憐れむ顔で）『ワーニャ伯父さん』なんやけどな、これ。
房枝　………。
ホキ　『ワーニャ伯父さん』なんやけど。
房枝　うるさいうるさいうるさいうるさい。

ラジオから歌謡曲。

8

すーっと、黒い布で隠した電灯が降りてくる。
津田家の台所（土間）となる。爆音。
いくつか飯盒(はんごう)を抱えた数、慌てて出てきて、台所に飯盒を並べようとして落っことす。

数　ああ、くわばらくわばら。

強張、ふらふらの葉蔵を連れてくる。

強張　奥さん、すみません！
数　あら、強張さん。
強張　ぼっちゃんになにか……。一週間も食べてないそうで。
数　ええ？　じゃ、おにぎり。芋とか豆とか混ぜてあって割とおいしくないけど。

数の手から、むさぼり食う葉蔵。爆音は時折。

強張　すいません。わたし、東京支店のほうに電話してきます。みんなで、そこの地下に逃げましょう！　急いでください（去る）。

数　わかりました。……指！

葉蔵　う？

数　指まで食べないでください（口から抜く）。

葉蔵　ああ、すみません。具だったらいいなと思って。

数　おにぎり食べたら、お味噌汁飯盒に注ぐの手伝ってくださいね。

葉蔵　必死なんですね。

数　ええ？

葉蔵　生きるのに。

数　（笑）あたりまえでしょう。

葉蔵　僕はもう死んだも同然です。

数　（忙しくしながら）あら、死んだも同然の人におにぎりあげて損した。

葉蔵　……（しゃがみこんだまま泣く）。

数　ごめん、ごめん！　泣かないで（そばにしゃがむ）まだ嘆いてるの？　でも、選考会自体が中止になったのよ。実力で落ちたわけじゃない。

葉蔵　読みもしないでよく言いますよ。

数　読みましたよ。掲載誌で。

葉蔵　え？

数　大富豪の御曹司の画家が、師匠が結婚するからって、その情婦の女優を押し付けられる話。そして、二人で新婚の師匠の家の隣に、いけしゃあしゃあと！　平気な顔で住んでいる話。（真顔で）おもしろかったです。

葉蔵　……み（立ち上がって）味噌汁、注ぎますねっ。

数　（見ずに）いいんですよ。この話は追求しないことに決めてんです。

葉蔵　フィ、フィクションですよ。現実を適度にまぶしたほうが筋に奥行きが。

数　（遮って）追求しないんです！　才能とかで生きていない人間の意地にかけても！

葉蔵　……でも、こんな正気でいられないような夜だから聞いておきたいこともあるんです。

数　………なんです。

葉蔵　主人の手紙。手紙で、あの人は、わたしのこと、どんなふうに書いてたんです？　いつか、あなたは言葉を濁した。きっとなにかひっかかりのある言葉があるはず。

数　それは………。

葉蔵　こんなこと聞くのは情けない。でも、ほんの少しの言葉にもすがりつきたいときだってありましょ？

数　なぜ？

葉蔵　寂しいから、……心細いからに決まってるじゃないですか！（葉蔵の肩に頭をよせる）

数　………。

葉蔵、数をかき抱き、長めの口づけをする。

数　　なにを！　バカなの!?

（一瞬その気になるが。ひきはがし）

音楽。

葉蔵　自分で仰ったでしょう（逃げようとするのを後ろから抱きしめ）正気でいられない夜だって！

数　　あなたの正気の様子は知らないわよ。（帯を解こうとするので）え？　待って、し、しようとしてる!?

葉蔵　早くしないと、強張が戻ってきたらどうするんです!?

数　　いや、しなきゃいいでしょ!?

葉蔵　（解こうとして）なんだ、ぅ、このクソモンぺ！　クソかた結びモンぺ！　ちょ、誰かぁ。

数　　誰か呼びたいのはこっちです！

葉蔵　（数の脚を摑んで）ぅへへへへ、僕の力になってください！

数　　わたしをないがしろにして!?　ひどい（逃げる）。

葉蔵　ひどくない！　嬉しい（追う）！

9

船が現われる。船倉である。機械音と波の音。波も見える。
船窓から、吾妻が褌一丁で、双眼鏡で海を見ている。
二段のハンモック。下段に有坂がいて三味線を弾いている。
上段で、万治、なにか書いている。

有坂　奥さんに手紙ですか？
万治　いえ、葉蔵くんに、慰めの手紙を。
有坂　いい師匠ですね。これからはるか南方の戦場に行こうってときに。
万治　賞に落ちたものの心は痛いほど知ってる。

数と葉蔵、別の場所に走りでる。

葉蔵　先生は南方に送られます。あっちに行ったら、もう、生きて帰れませんよ！
数　それを言わないでください！　わたしは二人もそうして見送っているんです（逃げ去る）。

葉蔵　聞いてください！　これはネタになる！（追いかける）
万治　しかし、有坂氏。あんたとまた一緒の部隊になって南方に行くとはなあ。
有坂　生きて帰れますかねえ……。
万治　帰るさ。戦争はネタになる。作家としてこれ以上の修行はない。この戦いが終わったら、俺は必ず、書く！　たとえ、どんなに見苦しい生き延び方をしても。
吾妻　津田！　有坂！

二人、ハンモックから降りて敬礼。

万治・有坂　はっ！
吾妻　魚雷かな？　あれ。

爆音。赤い照明が点滅する。

声　船体損傷！　船体損傷！　全員、甲板に上がれ！

どばどばと、水が入ってくる。
三人、慌てて去る。
とともに、再び、葉蔵と数、台所に現われる。なぜか、波は残っている。

数　ネタって言いました!?
葉蔵　口が滑りました。これは小説になる！
数　小説？
葉蔵　師匠に女を押し付けられる話の次は、戦争にとられた師匠の女房を寝取る話です。これは、新しい！　ひとときでいい。その背徳の感触を僕にください。僕、数さんが好きなんです！
数　あなた房枝さんが。
葉蔵　房枝さんは金目当てだし、きっと男がいる。外泊ばかりで、ひどい女です。ねえ僕のこと嫌い？
数　きらいじゃあないけど……。
葉蔵　ツダマン先生の手紙になにが書かれていたか、教えてあげますから（流しに押しつけ）。
数　ほんとうに？
葉蔵　数さんが……前の結婚以前に何人の男と恋愛をしたのか、何回、男女のヒメゴトを交わしたのか、なんとか聞いてくれないか、と。
数　それだけ？
葉蔵　へい。
数　……あの男……。
葉蔵　以上。すべて教えましたよ（着物の裾に手を入れる）。
数　あ。卑怯よ。卑怯だわ。あ！　だ……らめ。あ！　ら、（吐息に）らめぇ。

強張、戻ってくる。

強張　うわっちょ！　け、《検閲》のやつ、どこ!?　（ものすごく遠くにある）とおっ！

数　（とっさに台所の包丁をとって叫ぶ）だ、だめって言ってましたよね？　強張さん、わたし、だめって言いましたよ！

強張　だ、だめというか、らめ、というか。

数　（必死で）この人、わたしを手ごめにしようと！

葉蔵　嘘だ、強張！　（を盾にして）助けろ！

強張　たす、助けるとは？

数　ひい！

数が包丁を振り回すと、せんべいに当たり、割れて剣のようになりパアアと光る。

葉蔵　その聖なる剣（つるぎ）で！

強張　聖なる剣！　……（明かりが消え）いや、割れたせんべいですけど！

爆音。

強張　理由はどうアレ、逃げましょう！

数　近寄らないでください！

だぱあん、と、波の音。三人、倒れる。
波間に赤い炎。
救命ボートに乗った万治と有坂（まだ三味線を持っている）。

有坂　（探している）少尉殿ー！　ぼんやりしてないで津田先生も探してください！
万治　……いや、君、海が赤いんだよ。波間にぽつりぽつりと浮かぶ炎がなんとも怪しくて、きれいでなあ。これは……いいぞ。
有坂　そんな悠長な……（カンテラのようなもので照らし）あ！　少尉！

波の間から吾妻。

吾妻　（見ると両目を怪我している）どこ!?　目だ！　目をやられた！　なにも見えん！
有坂　（三味線を鳴らす）これに！　三味線の音のするほうに！
吾妻　三味線か、懐かしいな。へっへ、（万治の手を掴み、歌う）♪乳……柔くなれ……やわなあれ……。
万治　う!?

だばああん、と、波。

万治　……少尉……その、乳、柔くなれ歌、どこで？

吾妻　俺が子供の頃、母ちゃんが、歌ってた。俺の父親は、日本に一人しかいない乳もみ按摩でね、この歌うたうと、乳が出やすくなるんだと。

万治　日本に一人しかいない乳もみ按摩……てことは。

吾妻　てことは？

万治　（嗚咽しながら）♪乳、柔くなあれ、……やわなあれ

吾妻　お前、ぱくるんじゃやねえ！　俺の乳柔くなれ歌ぁ！

万治　そういうことじゃない！　これは、自分の歌でもあります！　自分の母親は、向島の芸者です！　自分を生んだあと、乳もみ按摩と密通をした罰で、上海に……女郎として売られたとか！　わたしにも、芸者の血が、流れているんです！

吾妻　……それじゃあおまえ……え？　……そのうち、芸者になるの⁉

万治　どうしてそうなる⁉　（有坂を指し）この人だって、もう泣いてるよ！　あたしゃあ、ああたの種違いの兄貴だよ‼

吾妻　にいさあああん！

ボオオオと汽笛。下手からサーチライトに照らされる。

拡声器の声　ヘイ。ジャップ！

有坂　少尉！　アメリカの巡洋艦です。

万治　吾妻鶴市少尉！　そして、弟よ、敵に背を向けてよいですか⁉

吾妻　（船にあがり）向けようよ！　こんなすげえ運命、感じたばっかで死ねるか！

必死にボートを漕ぐ万治たち。
背後から銃撃。水しぶきがあがる。
数たち、乱闘。

拡声器の声　ヘイ。ジャップ。逃ゲルノ、ヤメナサイ！

入れ替わるように台所。飛行機の飛ぶ音。
ホキと、房枝、入ってくる。乱闘の末、数の包丁と、強張のせんべいが入れ替わっている。

ホキ　なにしてはりますの！
房枝　Ｂ29がこのへんを飛び始めたのよ！（咳き込む）

爆音。サイレン。
葉蔵、よろめき強張にぶつかり、強張、房枝に突進。
房枝、慌てて強張を突き飛ばし、強張、数のほうに……。
ぐさりと音がして、倒れる強張。腹にせんべいが刺さっている。

葉蔵　ひいい！

数　いやだ……強張さん！　わざとじゃないのよ！

強張　（うめく）ホキさん……ホキさん。

ホキ　強張さん！　（寄り添う）

葉蔵　せんべいが、ええ!?　腹に刺さってる！

強張　わたし、死にますかね？

ホキ　（泣く）そんなンいうたらあかん！　でも、多分、医者もみんな逃げてるし、助けようがない。いやや、うち、……さみしなる！

強張　わたしは、秘密を持ったまま、死にたくない。

ホキ　うん、そら絶対そうや！

強張　ホキさん、これを（ポケットからメモ帳を出して渡す）。後で読んで下さい。

ホキ　なんやろ、はい、わかった。

強張　それから数さん……。

数　ごめんなさい、どうしよう、怖い。

強張　実は、ホキさんは、ツダマン先生と。

ホキ　え？　え？

数　ホキさんと？

ホキ　強張はん！　（せんべいの上から飛びかかる）

強張　ぐえええええ！

数　え？　ええ？

ホキ　（グリグリしながら）死んだらあかん！　死んだらあかん！　（脈をとって）あ、死んだ！

全員　………。
ホキ　（立ち上がって叫ぶ）誰のせいでもない！
数・葉蔵・房枝　……う？
ホキ　とにかく逃げましょ！　銀座のせんべい屋まで、火の海かもしれへんけど一か八か。
みな、逃げようとする。
数　だったら、その前にみなさん一杯やりませんか⁉
全員　……？
数、台所の流しの奥からウイスキーを引っ張り出す。
数　レアオールド。前の主人の酒屋から一本だけ死守してきた、目の玉が飛び出る程高いウイスキーです。
葉蔵　え？　今ですか？　僕の受賞の……。
数　今夜、死ぬかもしれないんです。死んだら飲めないんですよ！
房枝　死んだら飲めない。染みたわ、今の言葉。
全員静かにコップにウイスキーを注がれて飲む。

数　ああ、おいしい（でんぐり返しする）。
葉蔵　でんぐり返しだ。
数　ああ、おいしい（でんぐり返しする）。
葉蔵　でんぐり返しだ！
ホキ　見たことすべて口にすな！

爆音。家の近くに落ちたらしい。木っ端が飛び散る。

音楽。

ボートを漕いで逃げる、万治、有坂、吾妻と、強張の遺体を大八車に乗せて町を運ぶ、数、葉蔵、ホキ、房枝らが、モンタージュのように現われては消える……。

音楽終わり。ごおおおん、という幽閉を表現する音。

10

アメリカ巡洋艦。営倉。万治と、三味線を持った有坂と、吾妻が、檻に入っている。
銃を持った米軍兵士三人とサングラスの将校（大名が二役）一人。

米軍兵士1（英語で）You three are the only survivors from the troopship.［輸送船で生き残ったのは君たち三人だ］
有坂　輸送船で生き残ったのは我々だけだ、と。
米軍兵士2（英語で）We're heading for the fucking Philippines, and the fighting is going to be bad. Honestly, we don't see why we should take you with us.［これから我々はフィリピンで戦う。激戦になる。正直君たちを連れて行くことにメリットを感じない］
米軍兵士3（英語で）If anything, you're just gonna fuck things up for us.［もっといえば、クソ邪魔だ］
有坂　これから我々はフィリピンで戦う。激戦になる。正直君たちを連れて行くことにメリットを感じない。もっといえば、クソ邪魔だ、と。
吾妻　そりゃそうだろうなあ。俺だったら殺す（笑う）。
将校（英語で）So tell me, what's the benefit to us if we take you along with us to the battlefield?［教えて欲しい。君たちを戦場に同行するにあたっての、われわれのメリットを］

有坂　教えて欲しい。君たちを戦場に同行するにあたっての、われわれのメリットを。
吾妻　メリット。
有坂　我々の……価値です。
将校　（英語で）Depending on your answer, maybe we can prevent something bad from happening.［それ次第では不幸な事故が起きないかもしれない］
有坂　それ次第では不幸な事故が起きないかもしれない。……（頭を抱える）捕虜に価値を問うとは、殺す気です……。
吾妻　価値……。
万治　有坂氏。君は何だ？
有坂　……演出家ですが。
万治　吾妻少尉は？　いや、鶴市は？
吾妻　元女郎屋。
万治　僕は小説家だ。（英語で）We are men of culture. Culture is always needed for a better life. If your life has no quality, you're no better than an animal!［我々は文化人だ。いついかなるときも文化というのは人生の質を高めるために必要だ。人生から質を奪えば、それは動物の生き様と同じことだ！］
アメリカ兵たち　アーハーン。
有坂　我々は文化人だ。いついかなるときも文化というのは人生の質を高めるために必要だ。人生から質を奪えば、それは動物の生き様と同じことだ。って言ってます。
吾妻　いいね。売春宿にだって文化はある。

将校　（英語で恭しく）I see. So show us your culture.［なるほど。じゃあ、君たちの文化を見せてくれ］
万治　有坂氏……かっぽれ弾けるか？
有坂　かっぽれ、ま、なんとか。
万治　鶴市よ。母ちゃんが歌ってくれてただろう。
吾妻　もちろんだ。
万治　（輝かしいほどの笑顔で）レディス・エン・ジェントルメン、アイムナンバーワン、ジャパニーズタイコモチボーイ！　ユーノー・タイコモチ？　ホールディング・ドラムマン！　ポンポンポーン！　（全力で）イエー！　（指さして）ナイスアーミー、ナイスアーミー、一人飛ばして、ナイスアーミー！　イエー！　レッツ・ウォッチ・ザ・カッポレ・カブキダンス！

有坂がかっぽれを弾き、鶴市が歌い、万治が百面相で踊る。

S6　『かっぽれ』

かっぽれかっぽれ　（よーいーとな　よいよい）
海は冷たいのに　炎であったかい　（よいとこりゃさ）
果てはフィリピン　デンジャラスなコレワイノサ　（よいとさっささ）
アメリカン船じゃえ　（さてアメリカン船）
日本の船は　サー　沈没　（よいとこりゃさ）
果てはフィリピン　生きてはコレワノサ　（よいとさっささ）

アメリカン船は　地獄か天国か？

万治　イエー！

米兵たち、「イズディス・ジャパニーズ、カルチャー？」と、大爆笑。

有坂　こんなの踊れるんですね！
万治　（人殺しの目で）誰にも言うなよ、殺すぞ。
将校　………（小声で兵隊たちと話して）アメイジング！　ジャパニーズ、カブキ、カルチャー！
ウエルカム・トゥ・プリズンライフ！　（客席に向きなおりサングラスをとって）

音楽。

将校　軍艦で捕虜になった話は、だいたいこんな感じだろう。もちろんカッポレを踊った件り（くだり）なんてのは、完全に俺の憶測だけどな。その頃、俺は満州の女郎屋でのんきにやっていた。その後、日ソ中立条約をぶん投げたソ連軍にふんづかまえられて、シベリア送りになるまではね。

波の音高まって、舞台は光に包まれ、とてつもない爆音。

11

蟬の声。ホキ、房枝、強張出てくる。どこでもない空間。

ホキ　夏のあっつい日にラジオで玉音放送聞きましたわ。なに言うてはるのかようわからんかったけど。

房枝　正直、ホッともしたわね。

強張　あの空襲の日ね、わたしの死体を大八車に乗っけて、町ん中走ってる途中で、ほれ、火事になってる家にみんなで投げ込みましたでしょ。

ホキ・房枝　やむをえず。

強張　賢明な選択だったと思いますよ。あんなに人が死んだ日に、わたしぐらい混じってても誰も気にしない。

ホキ　わたし強張はん……割りと好きやったな。

強張　なんか遠くなる意識のなか、必要以上に上でグリグリされた気もしますが。

ホキ　わたし強張はん……割りと好きかったな！

強張　……。そっから先、どうなりました？

房枝　戦争が終わっても、ツダマン先生も大名先生も、生きてるやら死んでるやら、帰ってこない。そして、わたしと葉蔵さんの仲は最悪になっていった。
ホキ　葉蔵はんの仕送りが半分に減らされましたしな。
房枝　それだけじゃない。知ってるくせに。
強張　あのときは、ぼっちゃんがかわいそうすぎて黙ってましたが、あなたがぼっちゃんから離れていったのには、理由がありましたからねえ。
房枝　まあ、その話は、あとにしましょ。……そんななか、ずいぶん中止になっていた月田川賞が復活したという小さな小さな記事が新聞に載ったんです。それであの人はまた、賞のためにキチガイみたいになって、小説を書いて。
強張　まあ、毎日わたしが夢枕にたってましたからねえ。
ホキ　なぜ？
強張　恨みですよ（すーっと飛んでいく）。
ホキ　ほな、ツダマン先生が帰ってきた日の話しましょか。

昭和のジャズが流れ、そこが喫茶店であることがわかる。
カウンターで原稿用紙を前にうとうとしている、ズボンにベストという出で立ちの葉蔵。別の席に清楚な服装の兼持栄恵（けんもちさかえ）。
怖い効果音。

強張　（カウンターの前に周り込んで）うらめしやああ。ぼっちゃん……ぼっちゃん。

葉蔵　う……う。
強張　とってくださいね。月田川。でないとわたしゃあ、なんのために死んだやら。
葉蔵　うう……ううう！

兼持、葉蔵の背中を叩く。強張、そのまま店のマスターになる。

兼持　あの、先生。先生！
葉蔵　あ！（起きる）なに？
兼持　ごめんなさい。あの、うなされてらっしゃったから。
葉蔵　ああ。ありがとう。大丈夫だ。
兼持　では……（席に戻る）。
葉蔵　君。
兼持　はい？
葉蔵　なぜ、僕を先生と。
兼持　……ファンなんです。長谷川葉蔵先生の小説の。
葉蔵　……ほう。

葉蔵、珈琲をこぼす。

葉蔵　……よくここにいる子だよね。そっちに座っていいかい？

兼持　もちろんですわ。ここからよく、先生がそのカウンターで執筆なさっているのを見てましした。そっちの窓から日がさすものだから、先生、ギリシャの彫刻みたいで、ふふっ、勝手に楽しんでました。

葉蔵、兼持の席に移動。

葉蔵　兼持栄恵です。あすこの学校に通ってますの。
兼持　ああそう。あすこの学生はドテカボチャが多いけど、君は違う感じだね。なにを読んでいるの？
葉蔵　太宰の『皮膚と心』です。
兼持　ああ。戦時中、太宰をカフェーで見かけたことあるよ。
葉蔵　そうなんですの？
兼持　わりかしブスな愛人を連れていた。好感がもてたね。
葉蔵　（笑う）オーマイガー。
兼持　ブスだったなあ。あとね、太宰、歯がなかった。好感もったなあ。
葉蔵　（笑う）
兼持　ん？
葉蔵　新時代の小説は、太宰より長谷川先生だと思います！
兼持　！！！！
葉蔵　わたし、雑誌で先生の短編を読んで、とっても感心しちゃって。師匠の愛人を受け入れる

葉蔵　大金持ちの御曹司って、どんな人なんだろうって。そしたら奥付に載っていた写真とおんなじ方が、そこのカウンターに座ってらっしゃるものだから、もう、釘づけ。それでここに通うようになったんですのよ。

兼持　まあ。

葉蔵　や、でもねえ、（頬杖を突き）小説がぱっとしないからか、とうの愛人からは愛想を尽かされかけていてねえ。前から留守にしがちだったけど、最近は、ちっとも家にいやしないし。

兼持　……ソー・サッド。

葉蔵　せがまれるのは金ばかり。もう何年も夜を一ツ布団でともにしてないんだ。

兼持　（ポケットから忌むべき物のようにハガキを出して）今はかろうじてコレにすがりつきたい気持ち。

……（読む）長谷川葉蔵殿、貴殿が『月刊読書人間』に発表された新作『大八車』を、第十二回月田川賞候補に推挙いたしたく、つきましては、是非のご連絡を……すごい！

葉蔵　わたし、これも読みました。空襲のさなか、世話になった番頭の死体を、火にくべて逃げる話。鬼畜ですね。

兼持　フィクションだよ、さすがに。

葉蔵　衝撃でした。すごい！

兼持　迷ってるんだ。うけるべきか。

葉蔵　迷う？　意味がわからない！

兼持　僕はすでに新人じゃない。月並みなキャリアだ。月田川は話題になる作家がとる傾向が強い。

兼持　話題ですか……。
葉蔵　君、当選できなかった落胆、わからないだろ。でかい祭りの神輿に乗せられて浮かれていたものが、急に神輿から投げ出され、潮がひくように人がいなくなるんだ。二度は耐えられない。
兼持　うけてください！　このチャンスをふいにしようなんて、育ちが良すぎます！　約束します。落ちて落胆したら、……わたしがいっぱい慰めます。

兼持、不意に葉蔵にキスをする。

兼持　わたし、いかなきゃ。（メモ用紙になにか書き、マスターに）金。これ、連絡先です。（行こうとして振り返り）長谷川先生。
葉蔵　……ああ？
兼持　わたしと話題、作りませんか？

兼持、颯爽と去る。

葉蔵　……なんだろう。この体の底が疼く感じ。いいぞ！　僕、月田川賞、とるよ！　絶対とるんだ！　絶対なんだ！　兼持栄恵！　房枝さんには悪いが、彼女、なんてフレッシュなんだ！　なにか報いましょう。初めて僕を先生と呼んだ人に！（金を置いて）さっそく出版社に返事しなきゃあ。

店を出ると、道。ちんどん屋が通る。電柱がある。
通り抜けると、髭だらけですごみが出ている万治と、数と、めくらになった吾妻鶴市が立っている。

葉蔵　……うお!?
数　今日、マニラから戻られたのよ。疲れてるだろうに、この人がどうしてもって言うんで、お世話んなってる四谷の出版社に寄った帰り。
葉蔵　師匠！　……南方行きの輸送船が沈没したと聞いて、みんなてっきり。
万治　ああ。生きて虜囚の辱めを積極的に受けていたんだよ。
葉蔵　（涙ぐむ）ご無事でけっこうでございます！
万治　ついでに種違いの弟まで連れてきたんだよ。
鶴市　（完全に宵ノ市化している）鶴市と申します。よろず、按摩、乳もみ、うけたまわっておりやす。
葉蔵　うわあ……
万治　大名はどうしてる？
葉蔵　まだ……お帰りになりません。満州に渡ったという噂は聞きましたが。
万治　そうか。どう？　僕を祝ってくれるか？
葉蔵　祝いましょう盛大に！
万治　どうやって？　過酷な戦場のなか、山のように届く君の愚痴の手紙に返事を書き続けた僕の奇跡のような生還を。どう祝う？
葉蔵　どう？

万治　数さん……先に帰っていてくれないか。師と弟子のつもる話があるんで。

数　……はい。わたしにはつもる話はないんですかね。なんでもありません。

数、去る。

万治　来たんだろう？　通知。

葉蔵　通知？

万治　月田川。

葉蔵　あ！　（ポケットからハガキを出し）はい！

万治　僕にもあるんだ、それ（ポケットからハガキを出す）。

葉蔵　……ええ!?　な、なぜ。

万治　僕ね、復員船の中で、新聞が手に入ったんだね。そしたら、月田川賞が復活したって書いてあるじゃない。もう締切はすぎているけど、主催者の「文学春秋社」に昔なじみがいてね、東京についたその足で、マニラの捕虜収容所で書いた短編をねじ込みに行ったのさ。ざら紙に鉛筆書きの三〇枚の小品だが、羞恥心をかなぐり捨てて、直談判に出たのよ。長く戦争に行ってたハンデってものがある。そして捕虜が捕虜のうちに書いた小説は、古今東西見当たらぬはずだって。で、その場で読んでもらって、これ、いただいた。

葉蔵　……すごい！　すごいです！

万治　そこで聞いたのよ。君も候補だって。

葉蔵　あ、それでか！　はい！
万治　よくバカ陽気でいられるね。僕だったらそうはならないな。
葉蔵　……？
鶴市　師匠と日本一の賞を奪いあうのがそんなに愉快かい？
万治　もし、あんたがとって兄貴が落ちたら、お互いどの面下げて今後、生きていくんだい!?　……あ、すいません、ついすごんじゃって。うひひひ。
万治　ま、さいわいそこのほれよう、キッチャ店には電話ってものがあるらしいじゃねえか、ええ？　そこでもって最高のお祝いってやつが、おめえさんにはできるんじゃないかしら？
鶴市　電話ってのは、……便利でやすもんねえ。
万治　鶴市、うちぁもうすぐそこだ。さっそく、なんだぜぇ、ぇ？　冷やでもってキューッといっぺえやろうじゃねえか。
鶴市　おっ、ありがてえこって！
万治　とんとんとんっと、角ぉ曲がるんだい。

万治と鶴市、去る。

葉蔵　師匠が去っていく。なぜか落語家みたいな感じになりながら……（天を仰ぐ）辞退しろっていうのか!?　確かに一理ある。僕が賞をとったら、師匠の面目が潰れるばかりか、戦争にも行かず師を蹴落とした鼻持ちならぬやつとして、僕の文壇での評価はガタ落ちじゃないか。

喫茶店にふらふらと戻っていく葉蔵。

ホキ　（いつの間にか電柱の陰にいて）それは、先生の帰還のお祝いのお酒を闇市に買いに行ってる途中やったんです。うちは、この愁嘆場にでっくわし、一部始終を見ておりました。女中いうのは、昔から物陰からじっと見てるもんなんです。どないすんねやろ。かわいそすぎるで、このボン（喫茶店の壁に張り付くホキ）。

葉蔵　うう！　かといって、天下の月田川賞を僕ごときが辞退するとは、さらに文壇的に鼻持ちならぬ所業！　………これは、がんじがらめじゃないか！

葉蔵、意を決してメモを見ながら電話をかける。

ホキ　どないする。断る、うける、断る？　うける？

葉蔵　……う。

ホキ　うける？

葉蔵　（切実に）海が見たい！

ホキ　どういうことぉ!?

だぱあぁん、と、波の音。

葉蔵　海だ！

駆け去る葉蔵。

ホキ　海行ってどないすんねん。アホボン。

追いかけるホキ。音楽。

12

夕刻。波の音続き。岩場の向こうに海が見える。
岩の裏からシミズ姿の兼持栄恵、飛び出す。

兼持　いやよ、先生！　わたし、そんなつもりで来たんじゃない！

葉蔵、茶色い小瓶を持って追いかけてくる。

葉蔵　約束したじゃないか。栄恵くん。慰めてくれるんだろう？
兼持　激しすぎます！
葉蔵　（兼持を張り倒して）話題を作ろうって誘ったのは君だ。月田川賞に進むもならず、引くもならず、ならば、我が死を人質にして、一意専心の覚悟を問えば、師匠も文壇の方々も得心するはず！
兼持　もう少し平たく言って下さい。
葉蔵　一緒にカルモチンを飲んで海に入ろう。なに、少しでいいんだ。死ぬ気であることを見せるのが大事なんだ……でも、その前に、もっと仲良くしなくちゃ、……だろ？

兼持　……（口づけする）

葉蔵　（抵抗をやめる）。

二人、濃厚に絡み合う。

シャッターとフラッシュ音。

葉蔵　なに⁉　誰⁉

瘦身で真っ青な顔つき、カメラを持って、着流し姿の新堀儀太郎。

儀太郎　（咳き込みながら）誰じゃねえよ。妹分を傷物にしゃあがって。

葉蔵　え？　き、君？

そそくさと服を着る兼持。

兼持　ごめんなさい。……グッドラック（去る）。

葉蔵　えええ⁉

儀太郎　……（ピストルをちらつかせる）長谷川葉蔵。作家気取りのブルジョワ野郎、この落とし前どうつけてくれるんだよ！　生娘（きむすめ）なんだよ、あのアプレゲールは（咳）多分。

葉蔵　ピストル？　指？　……なぜ、僕のことを……。

儀太郎　この写真が出回ったらどうなるかね。鍋島製菓の御曹司さん。（咳）とりあえず二〇万円、用意してもらおうか。あんたのゴホッ、（岩にもたれかかる）家の体裁考えりゃ、これくらっ、ゴホゴホゴホ！　（ハンカチを口に当て、血を見せる）うー！

葉蔵　脅すのか、弱っていくのかどっちかにしてもらえませんか!?

儀太郎　まず、二〇万円用意しろ。そしたらフイルムは返す。それともこのデカダンな写真を文壇にばらまかれたいかい？　あんた八丁堀小劇場に緞帳贈って、札束で左翼の面ぁはたくような真似できたんだ、安いもんだろ。

葉蔵　ずいぶんご存じで驚いてますが、昔の話です。鍋島製菓は今、倒産処理の手続き中です。

儀太郎　な（一瞬気を失い）に？

葉蔵　よく「な」と「に」の間で気絶できますね。……原爆で長崎の工場が壊滅したんです。佐賀に持ってた土地もGHQに巻き上げられ。長谷川家はもうジリ貧なんですよ。

儀太郎　……おまえ……女優の神林房枝に仕送りだって金渡して。

葉蔵　あなた、房枝さんの、なんなんです!?

儀太郎　オー・ミステーク！　話が、違っ。うー！　（激しく咳き込んで血を吐いて倒れる）

葉蔵　ひいい。

傍らの小さな岩石が房枝に変化する。

房枝　儀太郎さん！　（抱きしめる）

葉蔵　え？　房枝さん!?　どういうことだ？　え？　くノ一!?
房枝　くノ一ではない。許して……わたし、この人のために、こうするしかなかった。
葉蔵　……えーっと。
房枝　なぜ言わなかったの!?　会社が倒産したこと。
葉蔵　言ったら……あなたは僕を捨てるでしょう？
房枝　図星よ。
葉蔵　くっ。彼は誰？

物陰からホキ、出てくる。

ホキ　この男は、新堀儀太郎。元八丁堀小劇場の座付き作家で、筋金入りのマルキストですわ。
葉蔵　ホキさん！　今日、岩陰から人、出てき過ぎじゃないですか!?
ホキ　強張はんは探偵気質でしたからね（メモを出し）、葉蔵はん周りのことは何でも調べてはったんです。房枝さん、あなたと先生んとこ住むずっと前から、このマルキストを自分のアパートに匿（かくま）ってたんですわ。
葉蔵　……そんな人がいるような気はしてたよ。
房枝　この人、特高に追われてたの。大学に潜入して左翼の学生たちを巻き込んで、革命運動に手を染めてたから。
ホキ　ソビエトに亡命したゆう、かっこのええ噂は、嘘やったんですな？
儀太郎　見ての通り、……胸を病んじまってね。

房枝　捕まれば拷問死よ。ひどいじゃない。見捨てられないじゃない。

葉蔵　それで、僕から五円くすね、一〇円くすね、この男に貢いでたのか！　どうせ、ツダマン先生からもむしってたんだろう！

ホキ　そや。今わかったわ。新堀儀太郎はん、（強めに）先生の戯曲、書き換えたんあんたやな⁉　うちが口述筆記したときは、二人の姉妹が、カエルの鳴き声がケロケロなのか、クワックワッなのか、えんえん二時間議論してるゆう、しょうもない台本やった。あんな左翼思想にまみれた頭でっかちなホンやあらへん。あれが摘発されなんだら、先生かて、ええ歳して支那なんぞに飛ばされて、あげくに、捕虜なんぞにならんとすんだかもしれへんがな！　おどれら、なにしてくれてんねん！

房枝　愚かなことをしたわ。どんなコソコソした試演会でも、この人の思想を世に伝えたくて。でも、そうよね。ケロケロでも、クワックワッでもいい、もっと力いっぱい多くの人に向けて、ただセリフを言えるのが俳優の幸せよ。

音楽。インターナショナルの変奏的なピアノ（始め、火サスっぽく）。

ホキ　あの時代にどこをめくっても検閲の受けようもない戯曲。あれはツダマン先生の女優神林房枝への最後のプレゼントやったんちゃいますの。

房枝　ごめんなさいね、葉蔵さん。いつかは、この人の思想が、日本を、平等で幸福な世界に作り変える。そればかり信じていたの（咳）。

葉蔵　だからなおさらブルジョワジーの僕がバカに見えて、よそよそしくなって行ったんだね。

房枝　ただの金づるが金まわりも渋くなり……道化師もいいところだよ！
葉蔵　違っ（咳き込み、ハンカチについた血を見せる）うー！！
房枝　わああ！
葉蔵　一度は好きになったあなたに、こんな病気、うつしたくなかったからよ！
房枝　房枝さんまで？　……そういえば、顔色、悪ぅ！
今頃気づいたのね。ありがとう。だましてごめんなさい。死ぬ前に、どうしてもこの人に、はるか彼方、モスクワの景色を見せてあげたかったの。でも、もうおしまいね。せっかく戦争が終わって自由なのに、二人ともこんな身体じゃ（小瓶の薬を呷る）。
ホキ　なにしてんの！

房枝、儀太郎を抱いて海に飛び込む。ざぱああん。
音楽、不協和音にて高まる。紅く染まる海。

葉蔵　房枝さん！

波の間に間に、朦朧とした房枝と儀太郎が浮かぶ。

ホキ　ああ、一瞬にしてあんなに波に飲まれて！
房枝　おーい、ケロケロ、ケロケロ、だよ！
儀太郎　いや、クワーッ、クワーッ、だよ！

房枝　おーい、絶対、ケロケロ、ケロケロだよ！
儀太郎　いいや、クワックワックワッーよ！
ホキ　波の間に間に、なに言うてはるんです!?
房枝　いつか、ツダマン先生に会ったら伝えてくださいね！　せっかくいただいたセリフだから、覚えてる。今はわかるの！　へたな意味をまとってないからこそ、美しいセリフもあるわね！　さようなら！

サメに食われる儀太郎「ぎゃあああああ」。血の色の海。

葉蔵　ばかやろー!!　どいつもこいつも裏切りやがって！　……僕は決めた。鬼になる。先生も鬼だ。弟子に賞の辞退をせまる師がどこにいる!?　小説とはすなわち修羅だ！　幾万も積み重なった骸骨の頂上に、真のおもしろ味、ってのがあるのだ！　僕は、修羅場の鬼になって、しゃれこうべにかじりついても、月田川をとる！（走り去る）
ホキ　えらいことになってもうた……。

暗転。

13

新聞のニュース記事が写真とともにセンセーショナルに浮かぶ。


「月田川賞作家　大名狂児先生、三年のシベリア抑留生活から帰還す！」

「凍傷いちじるしく、王慶マリアンヌ病院にて手術。体調回復に専念！」

「エンジン工学の権威にしてチェーンソー王、加藤健崇博士、義足の新開発に名乗りをあげる！」

「大名狂児復帰！　初仕事は、月田川賞名誉選考委員に就任！」

「文学春秋社、名誉選考委員に、一回三票分の特典を付与！」


夜。茶屋。芸者たちが三味線を弾いたりして立ち働く。

満身創痍の大名が酒を飲んで陽気に話している（腰になにか機械のようなものがとりついている）。

両手がなく義手であるので芸者が甲斐甲斐しく世話をする。

向かいの席に万治。

万治　いやー！　嬉しいね。こうして幼なじみと酒をまた酌み交わす日が来るとは。

間。大名が異様すぎて気まずい。

万治　………（咳払い）痩せた？

大名　いやあ、痩せた痩せた。シベリアじゃ、毎日、土みてえな味のクロパンと、キャベツがひとつっきれ浮かんだスープだろ、で、マイナス四〇度の空の下、いちんち一六時間石炭掘り。そりゃ痩せるよ。でも、大名狂児が帰国して痩せてんじゃやかっこつかねえからさ、病院じゃあ、夜中にガバ！　って起きて、何ぃ!?　って、なって、俺お腹が空いたのかぁ？　ってなって、飯！　ってなって、卵ぶっかけてかっこんでよ、ウトウトしてっと、わっ！　て、目、カーッてなって、……俺お腹が空いたのかぁ？　ってなって、また飯っ！　ってなって、なにこれ？　永遠？　って、なって、ギャ！　って、なって、その繰り返し。で、太り直してきたわけよ。どうだ、俺、なんにも変わらねえだろう！

万治　……変わらんな！　しかし……数のやつ、おそいねえ。先生にお土産買うから先に行ってますなんていって、出てったのに。うん。（気まずい）……手は、おまえさん、ないのかい。

大名　ないない！　凍傷でポキっと折れた。それで、あっ！　ってなって、崖から転げ落ちて、足、グシャッてなって、ギャ！　つって、目、カーッてなって、日本にびゅーん、っておっ返されたわけだ。

万治　だいぶ……、日本語忘れちゃった感じだね。

大名　ま、おかげで死なずにすんだ。周りは、わっ、つって、寒っ！　てなって、みんな死んじまったからよお。
万治　よく生きて帰ってこれたよ。
大名　女のおかげよ。
万治　女か。
大名　上海と満州で合わせて二〇〇〇人ぐれえの女を抱いた。でも、シベリアでよ、ああ、疲れて寒くて、死ぬかもな、なんて思ったときに記憶のなかに現われるのは、唯一、抱けなかった女一人っきりなんだ。薄れかける意識のなか、その女の幻が「ねえ、寂しいよ」「寒いよう」って、囁いてきて、体の奥に火が灯る。せめてあと「泣きの一回」、女を抱くまでは死ねない！　ってなって、その思いで、目、カーッとなって、ええ？　って、なって。
万治　うるさいよ。生きて帰ったんだ。一回なんて言わず好きなだけ抱けばいいよ。
大名　好きなだけ抱け？　好きな数だけ抱け？
万治　ん？　ああ、好きな数だけ抱きゃあいいさ。
大名　いいんだな。
万治　君ならできる。
大名　ま、俺の酒も飲めよ。ブランデーだ。一人で推薦票三票持ってる男の盃だぞ。
万治　三票か。ぞくぞくするな。
大名　目、カーッってなるぞ。
万治　それはいやだよ。

芸者、うながされて大名の酒を万治に注ぐ。
万治、飲む。歪むような音楽。夜の海のような雰囲気。

大名　ツダマン。おもしれえよ。おめえは。戦火かいくぐって地獄みてぇな捕虜生活のなかで書いた小説だ。それが、海にちゃぽんちゃぽんと浮かんだガソリンで燃える火が、いかにきれいだったかって話ばっか。……やっぱ、あれか？　母親みたいに気が狂うのを恐れてるのか、おまえは。
万治　なんだこれ？　………（朦朧とし、畳を這う）。
大名　好きな数、抱いていいんだな！
万治　好きな数、抱け（寝る）。
大名　狂っちまや、楽なのによう。おねえさんたち、帰りな！

こわごわ帰る芸者衆。
大名、機械に義手を伸ばし、スターターロープを引っ張るとエンジン音。
横についたクランクをくるくる回すと、立てる。

14

次の間の襖を開け、葉蔵。

葉蔵　先生。確かに聞きました。
大名　で、納得していただけたかねえ?

大名、クランクを回しながら歩いて近づく。どうやら腰にとりつけたエンジンの力で動いているようだ。

大名　話は、この一時間前に遡(さかのぼ)らせてもらいたい（襖の向こうに去る)。
ホキ　（また電柱の陰に現われ）大名先生が日本に帰って、文壇でどえらい力を握りはってから、ツダマン先生の周りは、なんやざわついた空気が漂うてました。それからすぐ、うち、葉蔵はんの部屋で書きかけの遺書みたいなもん、見つけてもうたんです。いよいよまずいわ思うてたら、みんなで西新宿のお茶屋さん行って大名先生の復帰会をやらはる言うんで、こっそりついて行きました。（周囲を見渡し）誰も見てへんな?（庭に入り込む）

数、同じ宴席に座る。万治は端のほうで寝ているままだ。
葉蔵も座って。隣の席からカッポレが聞こえる。

数　……大名先生の復帰はめでたいけど、お茶屋さんなんて初めてだから緊張しちゃうわね。
葉蔵　……ふふ。
数　にしても遅いわね、うちの人。わたしゃお土産に先生の好物の豆大福買ってってくから先に出て、なんなら後から合流する気分だったのに。
葉蔵　そりゃあ当然遅いですよ。
数　？
葉蔵　僕ら一時間も先に来てんですから。
数　……おかしなこと言うわね？
葉蔵　僕が数さんに嘘の待ち合わせ時間を、教えたんです。
数　は？
葉蔵　数さんを説得する時間が必要だから。
数　説得って？
葉蔵　（土下座する）お願いします。大名先生に、抱かれてやってください！　泣きの一回！
数　うわうわうわ。うわうわ。
葉蔵　先生は、大陸で死ぬほど女を抱きました。でも、満州の慰安所で逃げ遅れてソ連兵に捕まり、シベリアに行ってってからは……仲間が倒れていくなか、数さんと一夜を過ごすことだけを想って生きながらえたんです！

数　吐きそう！　そんな話。今日は、おめでたい席なんでしょう。

葉蔵　おめでたい日だからこそ、大名先生の最後の願いを叶えてやってほしいんです！

数　なぜあなたが。

葉蔵　ぼかぁ、今日から大名先生の弟子なんだ。

数　は？　三票の、もしかして推薦狙い？

葉蔵　ツダマン先生に月田川賞を降りるように言われました。本当の師がそんなこと言いますか!?

数　………。

葉蔵　ツダマン先生への置き土産に、ふたつ、ばらしますよ。

数　ばらす？　なにを？

葉蔵　あなたには大空襲の夜に秘密があるはず。僕と不義密通をしたことがひとつ。

数　あれは、無理やり。

葉蔵　いや！　受け入れかけていた！　強張が来たから終わっただけのこと。この指が覚えてる。

数　ダ、ダメって言いました。

葉蔵　ダメじゃない。あれは、ラメ、でした。ラメは、そこいらのヤリマンだって『レッツゴー！』みたいな感じで景気づけに言うやつです。

数　……あのときは、ツダマンの手紙に、無性に腹が立って。

葉蔵　あとひとつ！　あなたは、うちの番頭、強張をせんべいで刺し殺した！

数　それを言わないで！

葉蔵　刺したのはあなたです！　目撃者もいる。警察に行きましょうか⁉　おお⁉

ホキ　大きな声やから外に漏れ聞こえてきていて、ひどいこと言うなぁ思たけど、とどめ刺したの多分うちやから、なんも言われへん！

葉蔵　表沙汰にしていいんですね！

襖が開いて、大名が出てくる。

大名　数さん。

数　ぎゃああああああ！　ぎゃあああああ。

大名　驚きすぎだ。

数　ごめんなさい。

大名　俺が呼んだんだから、そりゃ俺はいるよ。

数　そうですけど。

大名　葉蔵がこんなに脅さなきゃダメかい？　俺を見ろよ。ひでぇんだ。手も足もねえ。腰骨もねえから機械で動かしてる。シベリアで石炭掘らされてた男が、今は石油で動いてるわけよ。（スターターロープを引っ張ってスイッチを押す）見ろ、これが歩くスイッチ。（歩きまわる）立ったり座ったり、ってのはまた別のスイッチだぁ。あと、医者が絶対押すなっていう、赤いスイッチもある。

数、押そうとする。

大名　やめろぅ！　バカなのか!?　絶対押すなスイッチだ、つってるだろ！　なんで押そうとした？
数　好奇心？　もう、わかんない。
大名　真剣にやめてくれる!?
数　ごめんなさい。
大名　これは、激しく動きたいときのスイッチだ。でも、絶対激しく動くなって言われてる。死ぬかも知れねえと。
数　なぜそんな危険なスイッチを。
大名　手も足もない俺がぎりぎり人間らしくいるためよ。押しちゃダメだとわかってるけど、押してしまいたくなるスイッチを持っている。それが人間てもんだろ。
葉蔵　実に文学的なスイッチですな。
大名　それをあんたとの一回に賭けようってんだ。大名狂児、数さんにはずいぶんわがまま言った。最後のわがまま聞いてくれ！
数　……はい、あなたのわがままばかり聞いてきました。だって、あなたのわがまま、結局、おもしろいんだもの。でも、わたしは、あなたの親友の妻なんですよ？
大名　じゃあ、ツダマンが、数さんを抱いていいって言ったら？
数　言うわけないじゃあないですか。
大名　そう思うか、本当に？　心から？
数　……心の話、します？　あの人の本当の心がわかるものなら、わたしゃとっくにここ

葉蔵　から逃げ出してます！　もうすぐ、先生がいらっしゃる時間です。見られちゃ良くない！（次の間へ数を招き入れる）

数　大名先生！

大名　なんだ？

数　ライスカレーとカレーライスの違い、わかります？

大名　……食っちまや、同じだよ。

葉蔵、数を連れて次の間に。

ホキ　で、それからすぐ、なんも知らんツダマン先生が部屋にやってきて、さっきの大名先生とのわけのわからんやりとりが、ひとしきりあったわけです……。

との台詞の間に芸者たち板付き、一時間後の世界。

音楽。

大名　おねえさんたち、帰りな！

万治　（一瞬過去に戻り、起き上がって）なんだこれ？　………。

大名　好きな数、抱いていいんだな！

万治　好きな数、抱け（寝る）。

こわごわ帰る芸者衆。

次の間の襖を開け葉蔵。

葉蔵　先生。確かに聞きました。

大名　で、納得してくれたかえ？

襖が全開になり、赤い布団の脇に正座した数。

あきらめと覚悟が見える。

数　……確かに、好きな数、抱け、と言ってましたねえ。だいぶ強引な話でしたけど。

大名　ああ。俺の義手、触ってみてくれ。両の手が落ちたとき、最初に浮かんだのはあんたの顔だ。

数　……もう一生手汗をかかない男になったのね。

大名　俺には、あんたへの欲以外、もうなにもない。だから、なんなら俺、美しいんじゃないかと想ってる。

数　……命をかけてらっしゃるなら、美しいんでしょうね。

大名、スターターロープを引くと激しいエンジン音。

数に近づく。

数　せめて、うちの人を別の部屋にやってくださいな。
大名　だめだ。それじゃ、ぞくぞくしねえ。
数　……わかりたくないけど、なんかわかります。

葉蔵、襖を閉める。襖に《大検閲》の文字が浮かぶ。

葉蔵　先生！　三票！　約束ですよ。

房枝と強張、ホキの脇へ。

強張　あれ、もう、検閲はいらない時代じゃや……。
ホキ　大名先生の裸ですよ。
房枝　いるいる。
三人　いるいる。
葉蔵　（寝ている万治の傍らにかけより）先生、もうしわけありません！　こうするよりほかは、なかったのです！　僕ね、先生が房枝さんとたまぁに怪しかったの知ってます。先生と会った後は、おっぱいに手の跡がついてましたからねえ。優しくないんだ、あなたは、おっぱいに！　でも、耐えました。だって、なにしろこんな弟子ですよ？　いつかもっと派手に先生を傷つける日が来ると前倒しで目を瞑(つむ)ってたんです。（泣く）先生、これから傷つきますねえ。だから僕、今日、遺書を書いてきたんですよ。安物じゃない。

モンブランの万年筆で！　大名先生も、数さんも命がけです。僕だけ無傷というわけにはいきません。なにかあれば、葉蔵、死で報います！

数の喘ぎ声。

大名の声　いいぞ、いいぞ、数さん。黄色いスイッチを押してくれ、速度が速くなる。うん。赤いスイッチは押すな。くそ、激しく動きたい。でも数さん。赤スイッチだけは押すな。誘ってないからな。ああ、動きたい！　でも、押すな、押すなよ！　絶対押すなよ激しく動きたい！

万治　（起きていて）あいつは、押すよ。

葉蔵　わあああ！

万治　うるさいよ。上海でずいぶんアヘンをやったんでね、これくらいの薬は効かねえんだ。あいつは押すんだ。だって僕の嫁なんだぜ。

カチッという音。激しさを増す機械音。

数の声　きゃあああ！

葉蔵　押しやあがった！

大名の声　ぞくぞくするぜ！

襖の向こうで爆発音。煙が上がる。

葉蔵・万治　えええ！

髪の毛が爆発している数、乱れた着物で咳き込みながら出てくる。

葉蔵　数さん、せ、先生は!?

数　爆発しました！

部屋に入る葉蔵。火事の煙。

葉蔵　（すぐに出てきて）こ、木端微塵（こっぱみじん）じゃないですか！　なぜ押した！　赤いスイッチ！

芸者たち、番頭、走ってきて、部屋を覗（のぞ）く。

騒ぐ芸者たち。消防車のサイレンが聞こえる。

番頭　（芸者に）おい、警察呼びない！　な、なにごとですか、お客さん！　誰がこんなことを！

数を指差す葉蔵と万治。

数　……そんです。わたしが赤いスイッチを押したおばさんです。

去っていく番頭たち。

葉蔵　（泣く）おしまいです！　なにもかも。
数　わたしのせい。そうね、いつだってわたしのせいよね。
葉蔵　とりあえず、逃げましょう。
万治　おい！　数！
数　！　いつから!?
万治　俺も、つれてけぇ！　火事場に一人は、さみしいじゃねえか！

パトカーのサイレン。三人、慌ただしく去る。

15

ホキ　そら大騒ぎですわ。窓から火ぃ吹いてましたから。玄関からせわしない感じで出てきた三人は、タクシー拾って西新宿を出ました。もちろんうちも、タクシーで後を追いまして。

大名　(現われて)俺、死んだのよ。

ホキ　あ、大丈夫です。

大名　大丈夫ですってなんだよ！

ホキ　タクシーはそのうち、中央線に沿って走り始め、やがて三鷹の人食い川いわれてる川のそばで止まりました。中でどんな話し合いがあったんやわからんけど、もうあかん、思たんかなあ。うち、車降りて、付いてってておなじみの電柱の陰で見てたら、もういっそ三人で死んだろか！　いうことで意見が一致したみたいで……そっから先の川っぺりでのあれこれは、最初のほうでお話しした通りです。

強張　なぜ止めなかったんです？

ホキ　ただの人間同士の話やったら止めれるんですけど、間に文学ゆうのがはさまってますやろ？　無学なうちには介入する権利がないような気がして……。
房枝　でも、『ワーニャ伯父さん』は知ってたりするのよね。
ホキ　………。
大名　油断ならねえよ。この女は。

音楽。川べりである。勾配が急で崖のようだ。その中腹あたりに一本の松の木が折れ曲がって生えている。手前の川の流れは速そうだ。風の音。
万治と数が、葉蔵を待っている。

数　……まだ怒ってらっしゃるの？
万治　ああ？
数　葉蔵さんの遺書に、太鼓持ちって書かれたこと。
万治　帝大出ても、バカはバカだって確信したよ。そこは愛すべき点だね。
数　………。
万治　まあ、それより、君、はっきり言っときたいけど。
数　はい。
万治　数抱いていい、って言葉は、あれは、大名先生のこじつけだからね。
数　はは。
万治　だから、君は、君の意思でスイッチを入れたんだ。だよねえ？

数　（笑）どうせ死ぬのに、くだらない確認。
万治　く、くだらないかな!?
数　もっと正式にちゃんと、大名先生に頼まれたら、わたしを差し出さなかったんですか？　三票やるから、嫁をくれ！　と、目を見て言われたら？

間。

万治　しかし遅いな、葉蔵くんは。
数　なにもかも、はぐらかしたまま、死ぬんですね！

鶴市を連れてくる葉蔵。

葉蔵　鶴市さん、見つけました！
鶴市　ちょちょ、なんでござんす？　あっしは、乳もみの出張の帰りなんでやすが。
葉蔵　鶴市さんにお地蔵さんの代わりに重石になってもらいましょう。さ、この縄持って。
鶴市　（持たされて）え？　え？
葉蔵　（茶色い瓶を出して）さあ、みなさん飲んでくださいカルモチン。で、（ロープを松の木に渡して）はい、ロープ持って、向こう側が、先生と数さん。こっちは、僕と鶴市さんで、目方はそろいましたね。じゃ、土手に寝転んで、眠くなるのを待ちましょう。
鶴市　これは……なにをやってるんで？

葉蔵　死のうってんです。
鶴市　へ？
葉蔵　鶴市さんは、みんなの死を見届けてください。眠った後、川に落ちてなかったら蹴落としてください。
鶴市　はい、見届け……あたし、目が見えないんですけど！

四人、瓶から薬を飲んで、ロープを手に巻きつけてぶら下がる。

万治　鶴市が飲んじゃだめだろ？
鶴市　ん！
万治　吐くなよ、もったいない。

鶴市、口移しで葉蔵に飲ませる。

葉蔵　なにするんですか！　倍も飲んだら……あ、らめぇ、こら、らめら……。
万治　眠くなったかい。
葉蔵　……先生。
万治　なんだい。
葉蔵　で、出会って、何年かな、一度でも……ぼくの、小説、読みました？
万治　ノン。手紙だけで、手一杯だ。

葉蔵　ひどい……せんせいらなあ。

葉蔵、川に落ちる。

鶴市　落ちた？　葉蔵さん！（追いかける）

万治　バカ！　鶴市、ロープを離すな！

バランスを崩して万治も落ちかけるが、かろうじて別の木の根っこにつかまった数の足にしがみつく。

鶴市　あー、ちょちょ！

ざばんと、川に落ちる鶴市。

鶴市　泳げてよかった！

さっそうとバタフライで去っていく鶴市。

万治　生きろよ、弟！

数　（川を覗いて）あれ？　なあんだ。葉蔵さんのお尻からハリガネムシ、出るかと思ったのに！

万治　……数、おまえも、薬飲まなかったんか？　はは。さすが僕の妻、賢明だ。さ、上がろう。

数、万治の頭を蹴る。

万治　いた！　なにすんだ！　あぶない。

数　わたしが、前の人と結婚する前に、何人の男と恋愛し、男女の戯れごとを何回したか、知りたいですか？

万治　……。

数　（叫ぶ）冥土の土産に！

万治　やめろ！　蹴るな！　死にたくない！　ごしょうだ！　やめろ！　言うこと聞くから！　そうだ教えてあげる！　ライスカレーとカレーライスの違いだ！　「カレーライス」と発語すれば最後に口すぼみになってしまうが、「ラ・イ・ス・カ・レー」と言えば、どうだ、笑顔になる！　な！　だから僕はライスカレーが好きなんだ！　な、助けてくれなきゃ、狂っちまうよ！　（笑）狂っちまったら僕の世話は大変だぜ！

数、万治を岸の上に引き上げる。

万治　はあはあ……あれ……れ。いかん。今頃、大名のウイスキーが……効いてきた。

眠る、万治。
間。風が吹く。

数　……いい気な顔で寝てらあ。……結局、あなたたちは、月田川賞という紙でできた舞台の上で歌って踊っただけ、……紙の上から降りると、ここにあるのは、薄汚い空っぽの肉体。なら、せめて、そこから吐く言葉は、言葉だけは、きれいごとで飾りなさいよ。これからは、わたしに毎日恋文を書くのです。「一生愛している」だの。「一生大事にする」だの。無学ですからわたしにゃあ、あまり思い浮かびませんが、あなたはプロでしょう！（蹴ろうとする）………おや？

川面を三味線弾きを乗せた船がゆっくり。
寝ながらカッポレを踊りだすツダマン。

数　……あは！　おもしろい！　この人、夢の中で、踊りで媚びて、命乞いしてる！

ホキ　葉蔵さんは水死体で見つかったけど、ツダマン先生と数さんは、その日から姿をくらましました。うちは、広いお座敷に一人ぽつねん。ただ待っているのも寂しい。そうや。ツダマン先生の代筆をやるうち、小説いうのがなんとなくわかってきたような気もする、ほな、書いてみようと思い立って、こうして、長い長い小説を書いたんです。先生の子供も腹におることとやし、売れたらええな。ま、うちの女の武器つこたら、たいていどうなとなってきた。うん、また、どうなとなるやろ！　……三人の幽霊？　そんなんいてませんいてません。フィクションです。おったらおもろなる、そう思って書いただけです。

幽霊たち、風とともに吹き飛ぶ。

ホキ　タイトルが必要や！

音楽、激しくなる。万治の踊り、速くなる。

数　さあ、夢の中でもっともてなして！　早いうちから何人も男を知っている、わたしのようなクソメスを、戦争で死んだ夫に操を立てきれなかったクソメスを、ああ、きれいだ、君はきれいに生まれ変わったんだ、と、もちあげるのです。トゥダマン！　ツダマンに、オトコに！　髪の毛つかまれて、ヘラヘラ笑って生きてきた女を、その愛嬌で、ヒロインにしたてあげなさい！　うん！　わたしたち夫婦が夫婦として、もうこの茨しかない道を生き抜くには、そうするしかない。赤いスイッチはわたしの手にあるんです！　それが！

ホキ　タイトル決めた！

ちょーんと拍子木。

数・ホキ　ツダマンの世界！

いつの間にかとてつもなくでかいタイトル『ツダマンの世界』が実体として現われ、バチバチと火花をあげ、ごうごうと燃えていく。
いつまでも踊り続ける万治。

第二幕　完

あとがき

去年の暮れ、母が亡くなった。九年寝たきりのうえだ。老衰とのことだった。夜中に病院から知らせを受け、妻と二人、翌朝の飛行機で遺体の安置された北九州の葬儀場に向かった。呼ぶ人もいないので、その日のうちに葬儀をするものだと思ったが、どうもそうことはてきぱきとは動くものではないらしい。火葬場に空きがなく、二日はなにも動けないという。その間、ただ、なにもすることがない。

なので、近くにホテルをとり、妻と二人で、母の遺体のある葬儀場の控室に二日、通った。広い控室の隅で母は、ドライアイスの仕込まれた布団のなか、ただ命を失った身体で横たわっていた。

とても寒かったので、妻は近所のスーパーに、ヒートテックや九州から東京に遺骨を運ぶための手提げ袋などを買いに行った。

わたしは、とてつもなく久しぶりに母と二人っきりになった。それはもう、一〇年ぶり、いや、二〇年ぶり、いやいや三〇年ぶり、と言ったっていいくらいだ。いつも母の周りには誰かがいた。家族なり、親戚なり、施設の人なり、医師や看護師なり。

考えてみれば貴重な時間だなと思い、何度か、控室の真ん中に置かれたちゃぶ台のところから、母の顔を見に行った。なにか声をかけてみようと思ったが、まるでテレビドラマみたいだなと思うと、照れくさくてできなかった。それで母の顔をただ見ているのだが、ものを言わぬ遺体だ。とにかくそれは、無なのだ。せいぜい三分以上見ていられるものではない。

さて、手持ち無沙汰だな、と思った。

だから控室のちゃぶ台で、パソコンを開き、メールマガジンで一〇年休まず連載している日記に、今の状況や気持ちを書くことにした。自分にとってとても大事な人が亡くなった。そして、生きている大事な人は、買い物にでかけている。次に大事な人は、というと、自分にすれば、お客さんという存在だ。お客さんがいないと、わたしという人間は、にっちもさっちもいかない。芝居を始めて三〇数年、ずっとわたしは、(コラムや小説の読者を含め)お客さんに支えられて生きてきた。そのお客さんにむけて今、死んでいる母と二人きりという、とてつもなく特別な気分になっている自分の気持ちを書こうというのだ。それが、そのとき、舞台にコラムに小説にのべつまくなし身を晒して生きてきた自分が、唯一するべきことだと思ったのだ。

自分は、九州で母から生まれ、上京し、芝居をつくる人となった。

それから、芝居にとって一番大事なのはなにか、いつも考えていた。

最近、その答えは結局これしかないだろうと思うのだ。

お客さんだ。

俳優がいて、相手役がいて、あとなにがいる。お客さんである。お客さんがいなければ、芝居はうてない。お客さんのいない芝居は、ただの稽古だ。それは、収入をほとんど助成金で賄っている劇団ですら同じことだろう。

わたしは演出家であるが、ずっと、自分が客であれば、どんな芝居が見たい？ 自分が客であれば、どんな言葉や動きで笑う？ そう考えながら、芝居をつくっている。そして本番が来たら、わたしは俳優たちの前から席を立ち、そこにお客さんが座るだけなのである。わたしは、極端な話、芝居をつくるという能動的な意思を持った客なのである。何を今さら、そんな当たり前のことを、と思われるかもしれないが、最近ふとその「当たり前」に立ち返りがちなのだ。お客さんたちよ、よくみんな三〇年以上もついてきてくれたなあ、と。

若い頃は、もっと傲慢だった。駅前劇場などで公演をうっていた時期は、一〇〇人のうち五人でもわかってくれる人がいればいい、なんて、不遜に考えていた。しかし、今は違う。一万円以上ものチケット代を払ってくれるお客さんを前にしているのだ。一万円あれば『トップガン』が五回観れるのだ。

だったら全員、おもしろいと思って帰ってくれ！

そういう切実な思いで芝居をつくっている。ポップとは程遠い自分の芸風をふりかえれば、そんなことは不可能かもしれないが、そう考えなければ、おのれが不遜で不遜で、いたたまれないのだ。

毎度、わたしの戯曲を買ってくれている読者がもしいるとするなら、今回、いつもより卜書きの量が増えている、と気づくだろう。母が死んだとき、我が身をふりかえりながら日記を書いていて、ふと思ったのである。

大事なお客さんに売るにしては、わたしの戯曲は不親切にすぎるのではないか、と。ただでさえ、ややこしい話を書いているのはわかる。それは、性(さが)というもので、どうしようもない。だからこそ、せめて、卜書きぐらいはできるだけ、親切に書きたい。そんな思いである。

お客さんが大事。その思いを心にいつも抱きとめていれば、おのずと自分のやることの答えが見えてくる。自分が伝えたいことがあって、それが人に伝わる、という事実の尊さだ。母の遺体を前に、この人には、もはや、なにも、なにひとつ、金輪際、わたしの思いは伝わることはないのだという大きめな虚無が、そのだだっ広い控室に巨大なモノリスの塔のように立ちはだかっていて、だからこそ伝わることの尊さは、いまだかつてないほど自分にとってリアルなものと感じられたのだ。

葬儀の日、来客もなく、無宗教なので読経もない葬式は、とてつもなく「時間が余る」ことになって、慌てて、葬儀社のかたがたに、母が生前好きだった炭坑節を歌ってもらうことになった。無宗教の葬儀は「なにをしても自由」と言われたからだ。一回歌ってもまだ時間が余ったので二回も歌ってもらった。

葬儀社のかたがたもわたしと妻と母というお客さんを前に、時間を持て余すこともなくほっとしたんじゃなかろうかと思った。なにしろその葬儀には司会者もいたのだ。もっともっといろいろやらせるべきだったと反省している。わたしがいかに雰囲気のよい喪主であるか、前の晩に五ページぐらいの台本を書いて朗読でもさせればよかったな、とか。こちらは客だ。料金分の仕事はさせるべきだった。

それから我々は、焼き場に向かった。

そして「焼却炉のボタンを押してください」と言われ、軽く狼狽した。

わたしが、おのれの手で、骨にするのか。

しかし、わたしは、おごそかに押した。なにしろ、これこそが葬儀のメインで、わたしは客なのだ。メインを堪能する権利がある。


真冬だった。その日は、とても晴れていて、やけに暖かった。

二〇二二年十一月

松尾スズキ

上演記録

『ツダマンの世界』

２０２２年11月23日(水・祝)～12月18日(日)　東京・Bunkamura シアターコクーン
２０２２年12月23日(金)～12月29日(木)　京都・ロームシアター京都メインホール

キャスト

津田万治／霊能者／先占斉：阿部サダヲ
長谷川葉蔵：間宮祥太朗
オシダホキ／オツヤほか：江口のりこ
強張一三ほか：村杉蝉之介
神林房枝ほか：笠松はる
兼持栄恵／喬太郎／劇団員２／お滅ほか：見上愛
宵ノ市／吾妻少尉／鶴市ほか：町田水城
渡辺満貫／数の前夫／劇団員１／米軍兵士１／新堀儀太郎ほか：井上尚
オカメ／劇団員３／百姓女ほか：青山祥子
おたね／女給ほか：中井千聖
直太／だいはち／劇団員４／車掌／米軍兵士２／番頭ほか：八木光太郎
極実／共産党ゲリラ／米軍兵士３ほか：橋本隆佑
有坂奇獣／三味線弾きほか：河井克夫
大名狂児／軍曹／米軍将校：皆川猿時
津田数／オケイほか：吉田羊

スタッフ

作・演出：松尾スズキ
音楽：松尾スズキ、城家菜々
美術：石原敬、牧野紗也子
照明：大島祐夫
音響：藤田赤目
衣裳：安野ともこ
ヘアメイク：板垣実和
映像：上田大樹
所作指導・かっぽれ振付：藤間貴雅
振付：振付家業 air:man
文芸部：河井克夫
演出助手：大堀光威、溝端理恵子
舞台監督：榎太郎
エグゼクティブ・プロデューサー：加藤真規
チーフ・プロデューサー：森田智子
制作：武内純子、石井おり絵
制作助手：小泉廉太郎、足立悠子
東京公演主催：Bunkamura
京都公演主催：読売テレビ、サンライズプロモーション大阪
京都公演共催：ロームシアター京都（公益財団法人京都市音楽芸術文化振興財団）
企画・製作：Bunkamura

装画　松尾スズキ
装丁　榎本太郎（7X_NANABAI inc.）

著者略歴

1962年生まれ。九州産業大学芸術学部デザイン科卒業。大人計画主宰。

主要著書

『ファンキー！　宇宙は見える所までしかない』
『マシーン日記／悪霊』
『ふくすけ』
『ヘブンズサイン』
『キレイ　神様と待ち合わせした女』
『エロスの果て』
『ドライブイン カリフォルニア』
『まとまったお金の唄』
『母を逃がす』
『ウェルカム・ニッポン』
『ラストフラワーズ』
『ゴーゴーボーイズ ゴーゴーヘブン』
『業音』
『ニンゲン御破算』
『命、ギガ長ス』
『マシーン日記2021』

ツダマンの世界

2022年11月15日 印刷
2022年12月10日 発行

著　者© 松尾スズキ
発行者　及川直志
発行所　株式会社白水社
電話　03-3291-7811（営業部）7821（編集部）
住所　〒101-0052 東京都千代田区神田小川町3-24
www.hakusuisha.co.jp
振替　00190-5-33228
編集　和久田頼男（白水社）
印刷所　株式会社三陽社
製本所　加瀬製本
乱丁・落丁本は送料小社負担にてお取り替えいたします。

ISBN978-4-560-09481-5

Printed in Japan

松尾スズキの本

業音
母親の介護をネタに再起をかける主人公のまわりで、奇怪なパートナーシップによる「不協和音」が鳴り響く——人間の業が奏でる悲喜劇。

エロスの果て
終わらない日常を焼き尽くすため！　セックスまみれの小山田君とサイゴ君は、幼なじみの天才少年の狂気を現実化——。ファン垂涎の、近未来ＳＦエロス大作。写真多数。

マシーン日記 2021
笑いにのって悪夢の彼方へ！　町工場で暮らしている男女四人のグロテスクな日常が性愛を軸につづられてゆく。全面改稿された 2021 年バージョン。

キレイ［完全版］ 神様と待ち合わせした女
三つの民族が百年の長きにわたり紛争を続けている、もうひとつの日本。ある少女が七歳から十年間、誘拐犯の人質になった——監禁された少女のサバイバルを描いた話題作の完全版！

まとまったお金の唄
太陽の塔から落っこちて、お父ちゃんが死んで……1970 年代の大阪を舞台に、ウンコな哲学者や女性革命家たちの巻きぞえくらい、母娘三代、お金に泣かされっぱなしの家族の物語。

ウェルカム・ニッポン
9.11 ＋ 3.11 ＝「あの日からの世界」を、日本で、生きる希望としての不条理劇。ヒロインとともに味わう、笑いの暴力！　アメリカ人の彼女が恋したのは、日本人の音楽教師だった……

ラストフラワーズ
凍った花に、なりたい！　ヘイトフルな世界に愛の歌が響く中、全人類を震撼させる極秘プロジェクトが始動していた——。「大人の新感線」のために書き下ろされたエロティックＳＦスパイ活劇。

ゴーゴーボーイズ ゴーゴーヘブン
「キレイに僕の皮をはいで」美少年の哀願から、世界中のセレブの座りたがる椅子が生まれる——。国境も性別も生死も越えた「居場所」について激しく問う、戦場のボーイズラブ道中譚！

ニンゲン御破算
ゴワサンで願いを叶えても、ええじゃないか！　サムライから狂言作者に転身しようと夢みる男をめぐる、かぶきっぷりのいい幕末大河エンタテインメント。

命、ギガ長ス
アルコール依存症のひきこもり中高年と認知症の老婆をめぐる「ドキュメンタリー」。東京成人演劇部の旗揚げ作品。

ドライブイン カリフォルニア ［2022］
ドライブイン裏の竹林で首を吊った少年が、幽霊になって、一族をめぐる悲劇を語りはじめる——。120 年に一度の「世話物語」の傑作。